「セイ！ 明日までにポーション一〇〇〇本、追加で作っておきなさい」
「……………はあ？」
JN022301
セイ・ファート
史上最年少で
宮廷錬金術師となった
天才。しかし社畜。

ダフネ
ラビ族の少女。
かわいい。

トーカ
火竜人の少女。
力がつよい。
ゼニス
エルフの少女。
かしこい。

「おはようございます、
セイ・ファート様。正確には、
五〇〇年と二六五日十四時間
五十三分二十六秒ぶりです。以上」
シェルジュ
メイドの姿をした
魔導人形。毒舌。

天才錬金術師は気ままに旅する

Tensai Renkin Jutsushi ha Kimamani Tabi Suru

～500年後の世界で目覚めた世界最高の元宮廷錬金術師、ポーション作りで聖女さま扱いされる～

Ibarakino
茨木野

［イラスト］
麻先みち
Michi Masaki

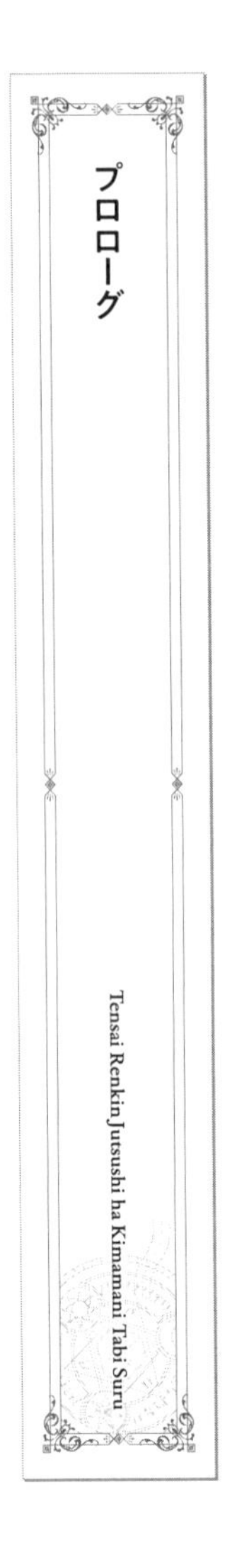

プロローグ

「セイ！　明日までにポーション一〇〇〇本、追加で作っておきなさい」

「…………はぁ？」


私の名前はセイ・ファート。

王宮で働く、宮廷錬金術師の一人だ。

所長から渡された発注書に、ざっと目を通す。

「……冗談ではなく？」

「ええ。それがあなたの仕事でしょ？」

私たち宮廷錬金術師は、民間の錬金術師と違って、王宮で使われるポーション、魔道具薬を作製するのが仕事。

そして、私はポーション作製を担当しているのだが……。

「いや……あの一〇〇〇本って。今抱えてる案件まだ片付いてないんですが。しかも明日までって……無理に決まってるじゃないですか」

「これくらいあなたなら余裕でしょ。最年少で宮廷錬金術師になって、あの伝説の【ニコラス・フラメル】の弟子の、天才錬金術師のあなたならね」

そう言って、所長は出ていった。

「天才錬金術師……ねえ」

私は今年二〇歳。五年前、つまり一五歳で宮廷錬金術師の試験に合格した。

宮廷錬金術師の受験資格には、熟達した術師のもとで一〇年以上の従事経験が必要とされている。

大抵のひとたちは、学校を卒業してから、術師に弟子入りするのよね。

だから二〇歳を超えての試験になる。

そんな中で私は一五歳で試験をパス、当時は最年少の天才って持てはやされたものだった。

けれど、試験に合格したのだって、ほんとはあの師匠の地獄のしごきから逃れるためだった。

伝説の錬金術師、ニコラス・フラメル。

完全回復薬(エリクサー)の開発、人工生命体(ホムンクルス)の基礎理論確立、ポーションの安価大量生産技術の確立等……。

すさまじい功績を残した、生きる伝説。

だが私からすればただのろくでなしだ。

あの人も宮廷錬金術師なのだが、まーサボり癖がひどい。

私に全技術と知識を叩き込んだあと、自分の仕事をほとんど押しつけてきたのだ！

ひどい人だ。鬼だ。悪魔だ。くそや……ごほん。とにかく。

師匠のもとを離れてこの宮廷にやってきた私。

しかし待っていたのは、激務&いびり&パワハラの日々。

若くして入ってきた私が目障りなのだろう、周りの人たちは私に嫌がらせをしてくるのだ。

一〇〇〇本追加って……。そんな……。

「いやまあ、できるけどね」

能力的に不可能だから、ぐちってるんじゃあない。

理不尽な仕打ちに辟易しているのだ。

深夜。

私は追加発注分のポーションを完成させ、王都外れの自宅へと向かっていた。

「てゆーか、所長も所長よね。宮廷錬金術師は他にもいるっつーのに、私にぜーんぶ仕事押しつけてきやがるんだもの。あのババア……いつか毒殺してやる……」

今の宮廷はほぼ私一人で回っていると言ってもいい。

周りの連中のレベルは、まあひどいもんだ。

これで私がいなくなれば、きっと仕事が回らなくなって大変なことになるだろう。

「やめちゃおっかなー……」

宮廷錬金術師にこだわる必要なんてないよね。

なんで続けてるんだろ？　……やめるのがダルいから、かなぁ。

仕事やめるのも面倒、というかどうやめればいいんだろう。

辞職届ってやつ書けばいいの？

次に、野良で錬金術師やるってなると、商人との交渉とか自分でやらないといけない。

言うまでもないが、作ったものを売らないと金にならないし。

最後にまあ……いちおう、せっかく国家資格取ったのだから、捨てるのがもったいない……って気持ちも少しある。あとは推薦してくれた師匠への義理も少々。

「…………」

師匠は、性格がゴミだけどいちおうは私の恩人だ。

五歳のとき、両親がモンスターに食われて死んだ。村長は親のいない役立たずの私を、村から追い出そうとした。

そのとき、偶然村に立ち寄った師匠に才能を見いだされ、あの人の弟子となったわけだ。

……今こうして生きているのは、師匠から教わった技術と知識のおかげ。その師匠に推薦されて、私は宮廷錬金術師になったのだ。

宮廷錬金術師をやめることはつまり、推薦してくれた師匠の顔に、泥を塗る行為……。

……結局、私がやめられないのは、あの馬鹿師匠に恩義的なものを、感じてるからかな。

「はぁ……仕方ない。続けてやるかぁ……はーあ、仕事やめたーい。王都に隕石でも降らないかしら。それとも、モンスターの大群が、押し寄せてくるとかー……なーんて」

と、そのときだった。

カンカンカンカンカンカンカン！

警鐘が鳴る。城門の上にいた見張りの騎士が、大声を張り上げた。

「逃げろぉお！　モンスターパレードだ！　モンスターの大群が王都にやってくるぞぉおおおお！」

「…………？」

モンスターの大群だって。そんな馬鹿な。

王都周辺にはモンスターの住む森はなかったはず。

……原因は不明。けれど見張りの騎士が冗談を言うとは到底思えない。

ここでそんなの嘘だと、事実を受け入れないのはあほだ。死ぬ。

私は死にたくない。

「……本当に、来るんだ。それはまず受け入れよう」

焦る気持ちを、深呼吸して鎮める。これからのことを考えるのだ。

ここからモンスターを目視で確認できたらしいことから、時間がないことは明らかだ。

騎士や冒険者に頼る？　でも今は深夜だ。初動は遅くなってしまうだろう。

ならば私が対処を……と、懐に手を突っ込んで気づく。手元には戦う道具がない。

剣や盾という意味ではない。錬金術師としての武器はポーションだ
「手元に素材はないわ。家に……そう、家にまず帰るの」

ポーションを作るための素材は家にあるのだ。

たっ、と私は街の中を走る。

「なんだ？」「モンスターの大群だって？」「そんな馬鹿な」

寝ぼけ眼の王都民たちが、そんなのんきなことを言ってる。

「逃げなさい！　死ぬわよ！」

私が走りながら叫ぶ。私だって余裕はないのだ。あとは自分たちで逃げてくれ。

そんなふうに叫びながら家に到着する。

工房へと向かって……絶句する。

棚に並んでいる素材のほとんどが、だめになっていた。

「素材が……ない。そうだ……家に全然帰れてなかったから……！」

ポーションにはいろんな種類がある。

体を強化するポーション、敵を爆撃するポーション。

敵と戦う薬を調合するための素材は……残念ながら全部傷んでいた。

なんてことだ。連勤のツケがここに来て回ってくるなんて。

「畜生！　あのＢＢＡ！」

ポーションを手に戦うのはもう無理だ。敵はすぐそこまでやってきている。

私は……どうするべきか。

「…………」

自分の身を守ろう。王都には騎士や冒険者もいる。そいつらも無能じゃない。

でもここは王都の外れだ。

避難所になるだろう王宮まで戻ってる間に、モンスターが来てしまう。

「……この状況、この素材で私が作れるのは……」

棚にある素材をざっと見ただけで、作れるもの、そしてレシピが私にはわかる。

それらを超高速で調合。必要とされるポーションを、恐ろしい早さで完成させた。

「うわぁあああ！」「魔物だぁああ！」「逃げろぉおおお！」

……想定より魔物の襲来が早い。

私は手早く準備を整えて、そして……今作ったばかりのポーションを飲む。

「うぐ……」

恐ろしい眠気が襲ってくる。でも失敗じゃない。きちんと薬が効いてる証拠だ。

ぱりん、と手に持っていたポーション瓶が地面に落ちて割れる。

崩れ落ちる私。揺れる地面。……私の意識が暗転する。

☆

「ううむぅ……むにゃあ……はっ！　今何時!?」

私、セイ・ファートは目を覚ます。そこは私の家の中だった。

壁掛けの時計は九時を指している。

「しまった寝過ごした……！　どうしよ着替えてメイクして……ああもう！　遅刻したら所長のＢＢＡにいびられるじゃーん！」

私はドタバタと身支度を整えて、ドアノブに手をかける。

バキィ……！

「ばきぃい……？」

ドアノブがぶっ壊れた!?　なんで!?

そのまま扉が倒れる……。

「え、なに……これ……？」

私の目の前には、廃墟(はいきょ)が広がっていた。

「王都は……どうしたの……？　なんで一夜にして廃墟に……どうしてこうなった……？」

確か昨日は……そうだ。寝ぼけてた私の頭が、ようやくしゃっきりとしてきた。

寝過ごしただって？　あほか。のんきすぎでしょ……あんなことがあったのに。

所長のパワハラを受けて、家に帰ろうとしたそのとき。

モンスターの大群が、王都へと襲いかかってきたのだ。

モンスターパレードと呼ばれる現象だ。師匠から聞いたことがある。

モンスターたちの食料が何らかの原因で少なくなったとき、大群で人里に降りてくるって。

王都を襲うモンスターたちの群れ。

私は自分の工房に引きこもって、外に出ないようにした。

……私には戦う力がほとんどない。外に出て勇敢にモンスターと戦うことはできない。

自分の命が一番大事。だから魔物除け（まものよ）のポーションを即興で作って、家の周りにぶっかけ、自宅の中にこもった。

残念だけど、王都のみんなを守るだけの量のポーションを作るには、素材と、何より時間が足りなかった。

残酷だと言われようが、私は自分の身を一番に考える。

けれど自宅にはほとんど食料がなかった。何日目かには食料が尽きるだろう。

そこで私は考えた。食料が尽きる前に、仮死状態になろうと。

私は師匠ニコラス・フラメルから、様々な効果を発揮するポーションの製造方法を教わった。

その中の一つ、【仮死のポーション】。

飲めば一定期間、仮死状態となる魔法の薬だ。

飲めば体が一瞬で凍りついて細胞が凍結、栄養状態を保ったまま、仮死状態となれるもの。

いつかはモンスターパレードも収まるだろう、と考えて仮死のポーションを飲んで……。

「目が覚めたのが今ってこと、ね」

廃墟の町に私はひとりぼっちだった。

おそらく嵐は去ったのだろう。

「……状況を、まずは把握しとかないと」

仮死状態になってから今目覚めるまで、どれくらいの時間が経過してるのかわからない。

一ヶ月二ヶ月ってレベルではないように見える。

「あの栄えていた王都が、こんなボロボロになるわけないし……それに、こけやば……」

建物の劣化具合から、年単位であることがうかがえた。

仮死秘薬の効果って、どんなものだっけ……？

師匠から作り方を教わって、実際に自分で飲んだの初めてだったしなぁ。

「…………」

廃墟を前に、胸に去来するのは、罪悪感……だろうか。

私だけ生き残った感っていうのかしらね。

他の人はどうなったのだろう。助かったのだろうか……。

「あー、うん！　やめやめ！　難しく考えるのやめ！　王都には騎士もいたし、モンスターたちを倒したでしょう！　ボロボロになった町を捨てて新しいところでみんな生きてるさ！」

ってことにしておこう。うん……シリアスダメダメ。

だってここで過去を嘆いたところで、結果は変えられないしね！

「とりあえずは町を目指しながら状況把握ね。人に会って話せば、どれくらい私が仮死状態だったのかわかるだろうし」

そうと決まれば、さっそく移動だ。

といっても、なんの準備もなく外をうろつくことなんてできない。

最低でも、魔物除けの薬と、回復薬くらいは作っとかないとね。移動中にモンスターに襲われて死ぬとか勘弁してほしいし。

私は一度工房に戻って、素材を探す。

「うん……ほぼなんもない！」

仮死状態になる前に、すでに珍しい素材は使えない状態になってたしね。攻撃・防御用のポーションは作れない。

回復や魔除けに必要となる薬草はあるけれど。

「まあポーションだけ作っときますかね」

手のひらを前に向ける。

「錬成工房……展開！」

人の顔くらいの大きさの、立方体が出現する。

これは錬成工房。魔法で作った異空間だ。

この小さな箱の中には、錬金術に必要な道具が、魔法で再現されて存在する。

フラスコとか、破砕機とかね。

この箱の中は外とは時間の流れが異なる。

つまり錬金に必要となる時間を、だいぶ圧縮することができるのだ。

「この箱の中に薬草を突っ込むと……」

立方体の中で、錬成が行われる。

薬草は分解され、抽出され、水とともに混ざり合い……。

箱の中に手を突っ込むと、中からポーション瓶が出てくる。

これぞ、フラメル式錬金術。

空間魔法と錬金術とを組み合わせることで、素早く、高品質のポーションが作れるのだ。

……まあとはいえ、素材が手元にないとポーションは作れない。

それに、この魔法の箱は手順をカットできるだけ。

時間を短縮してるだけなので、ポーションの質は作り手の技量に左右される。

ようするに、この錬金工房を展開したとしても、作り手がへぼければ低品質のポーションになってしまうってわけ。

「乾燥した薬草、あるだけ全部回復ポーションにしとこ。あとは道中で魔除けのポーション作っとかないとなぁ」

☆

宮廷錬金術師の私は、仮死のポーションを使ってスタンピードを乗り切った。

まずは状況を把握するため、人里を目指すことにする。

「よし、回復ポーションの備蓄はばっちし。魔除けのポーションもほどほどに完成。よっし、移動しますかね」

大量のポーションは錬金工房の中に収納する。

この魔法空間で作ったポーションは、こん中に入れて持ち運び可能。

ただ気をつけないといけないのは、工房の中と外じゃ時間の流れが異なることだ。

錬金工房の中は時間の流れが速い。だから、ほっとくとすーぐ劣化しちゃうんだよね。

仮死状態になる前に作ったポーションは軒並み腐ってたし。

「さ、出発出発」

私は廃墟となった王都をあとにする。

魔除けのポーションを香水にして、体に振りかけておいた。これでしばらくはモンスターとの遭遇はないだろう。

私は歩き出す。王都周辺の地図は頭の中に入ってる。近くの村を目指してみる。

まあ、王都が死んでるのに、その近くの村が無事かはわからないけども。

ほどなくして、王都に一番近い村へとやってきた。

「あらまあ……」

ここも廃村となっていた。その次も、そのまた次も。

「これはもうちょい大きめの都市に行かんとだめっぽいか？」

えっちらおっちらと歩いていく私。ちょうど、森にさしかかったそのときだ。

キン！　ガキンッ！　キンッ！

「金属の音……？　なにかしらっと」

私は音のする方へと向かって歩く。

茂みに隠れて様子をうかがった。そこにいたのは、人と、そしてモンスター。

「馬車がモンスターに襲われてるってとこかしらね」

馬車を護衛しているのは冒険者。

四人組のパーティで、相手は犬人（コボルト）ね。

数は一〇。ちょっと冒険者の方が不利かしら。

冒険者たちは手負いのようだし、犬人たちはまだまだやれそう。

「さて、どうしようかしら。身を潜めてやり過ごす？」

いやいや、そんなことよりも、あの人たちを助ける方がメリットが大きいでしょ。

助けたら馬車に乗っけてもらえるだろうし。

「よし助けましょう。魔除けのポーションを……てりゃ！」

私はポーションをぶん投げる。

瓶は地面とぶつかり、ぱりんと乾いた音を立てた。

その瞬間、魔物が嫌がる匂いが周囲に広がる。

犬人たちは尻尾巻いて逃げていった。よしよし。

「大丈夫ですか～？」

私は冒険者さんたちのもとへと向かう。

彼らはいなくなった犬人たちに驚いているようだ。

「あ、あんたは……？」

「旅人です。見たところお怪我(けが)してるようですが、大丈夫です？　ポーションありますけど、入り用ですか？」

ぎょっ、と冒険者さんが目を剝(む)く。

「ポ、ポーション？　あんた、ポーションなんて持ってるのか？」

「ええ」

この人何を驚いてるんだろう？

冒険者さんならポーションくらい持っててもおかしくないのに。

それとも切らしちゃってるのかな、ちょうど。

「た、頼む！　売ってくれないか！」

別に売ってもいいけど、ここは信用を勝ち取っておきたいところだ。

別にポーションなんてその辺に生えてる薬草からちょろっと作れるわけだし。

「お金なんていりませんよ」

「なっ!?　い、いらない!?」

「ええ。ストックはありますし。人命には代えられませんからね」

というのは建て前で、本音を言うなら彼らを治して、近くの町まで護衛してもらいたいなーって気持ちがある。

私はこの通り非力な女子ですからね。魔除けのポーションがあるとは言え、これもある程度の強さのモンスターには作用しない。

荒事になったときに、彼らには戦って、守ってもらいたい。だからここはノーギャラでもいいのでポーションを渡しておくのがいいだろう。こっちの懐は痛まないしね。

私は錬金工房で作ったポーションを、どさっと両腕の中に取り出す。

「こ、こんなにたくさん⁉　しかも……赤いポーション？　見たことねえぞこんなの……」

冒険者さんが目を剝いてる。

？　ポーションっていえば赤い色をしてるはずだけど。

「いいからほら、使ってください」

「いやでも……こんなにはさすがに……」

「いいからほら、さっさと怪我人、治しましょ。私も手伝いますから」

早く町へ行きたい。情報収集と、あと何よりお風呂！

結構な距離歩いたから汗掻いてるんだよね。

インドア派にウォーキングはきっついの。

私はさっきの彼（リーダーだって言っていた）と手分けして、怪我人の治療にあたる。

「おお！」「すげえ！」「こんな深い傷も一瞬で治るなんて！」「なんてすげえんだ！」

何を驚いてるのだろう。下級ポーションごときで。

「あら？　そちらの方にはポーションを飲ませないのですか？」

怪我人たちの中で一人、床に座り込んでいる人がいる。

「おれはいい。止血は済んでるからな」

「え、でも腕が欠損してますよね？」

「ああ……魔物に食われちまってよ……」

どこか諦めの表情の男。えっと……。

「食われたから、なんでしょう？」

「え？」

「だって治せますので」

ぽかーん……とする腕のない人。え？　なに？

「じょ、嬢ちゃん何言ってるんだ？　腕を欠損したんだぞ？　ポーションじゃあ治せない」

リーダーさんがそんなわけわからないことを言ってくる。

「治せますけど」

「は？」

私はポーションを手に取って、傷口にぶっかける。

すると……にょきっ、と腕が生えた。

「じょ、嬢ちゃん！　仲間の一人の腕が！　腕が生えてきてるんだが!?」

「？　はい。それがどうかしました？」

「いやいやいや！　腕が生えてくるなんておかしいだろ！」

「？　いえ、別におかしくありませんけど」

師匠直伝のポーションは、たとえ部位が欠損していても、細胞分裂を促進して新たに腕や足を生やすことなんて可能だが。

……そういえば。

私って研究室にこもって、ポーションをひたすら量産してたから、私の作った回復ポーションを飲んでる人の、生のリアクションって初めて見たかも。

私は、師匠のポーションを知ってるし、効果をよく知ってるので、特に驚かないけど。

リーダーさんは私を見て、小さくつぶやく。

「聖女さまだ……」

「いえ、ただの錬金術師ですけど？」

☆

馬車を襲っていた犬人たちを、私は魔除けのポーションで追い払った。

怪我人たちに下級ポーションを恵んであげると、なぜかめちゃくちゃ感謝されたのだった。

「聖女さまは巡礼の旅をなさっておられるのですか？」

私は狙い通り、近くの人のいる町まで乗せてもらえることになった。

リーダーが私に向かって、そんな異なことを言う。

「いえ、違いますけど」

聖女？　なんだそれは。聞いたことないぞ。少なくとも私が王都にいた頃には、聖女なんて単語は聞いたことがなかったけど。

「ああ、なるほど、お忍びでございましたか」

「いやお忍びとかじゃないですし……私、錬金術師ですよ」

だがリーダーは笑顔で「またまたご冗談を」と言って応える。

「錬金術師のポーションで、腕が生えてくるわけがありませぬ。やはり聖女さまなのでしょう？」

「いやだから聖女じゃなくて、錬金術師なんですってば」

「ありえませんよ。だって錬金術師の作るポーションといえば、出血が治まるくらいの効能しかありませんよ？」

嘘……。そんな屑同然のポーションが出回ってるの!?

どうなってるの？　私が仮死状態だったときから、世の中おかしくなっちゃったのかしら。

てゆーか、そうだった。私は情報収集のために、町へ向かってるんだった。

この人たちから情報を引き出せないだろうか。

「あなたたちはどこから来たんですか。あの辺って廃墟しかないですよね？」

私の問いかけにリーダーさんが応える。

「マデューカス帝国からやってきました」

「マデューカス……北の帝国ですか。そりゃあまた長旅で。私は東から来たのですが、途中で廃墟を見かけたんです。あれはなんですか？」

とまあちょっと探りを入れてみる。果たして……。

「旧王都ですね。もっとも、五〇〇年前に滅びてしまったようですが」

「ご、ごひゃくねん……!?」

う、うそぉ！　そんなに経過してたの!?

仮死のポーションってそんな長い期間、生き物の細胞を保ってられるんだ。

五〇〇年経ってるんだ。そりゃ王都も廃墟になるよね。私を知ってる人もいないだろうし。

……いや、一人は確実にいるか。うん。

「何を驚いていらっしゃるんですか、聖女さま？」

「あ、いや……」

まずい……私が五〇〇年前の人間ってことは隠しておかないと。

馬鹿正直に言って、こいつ頭おかしいって思われて、治療院になんてぶち込まれたくない。

「……五〇〇年、かぁ」

ここで恋人や家族がいたなら、もう私を知ってる愛する人たちはいないんだ、と時間の流れの無情さに嘆き悲しむところだろう。

けれど私は独身女。家族も疾うに他界しちゃってる。

つまり……この世界で私を知る人は、いないってことだ。

「ふ……ふふ……ふっはは！」

別に悲しむ必要はまったくない。

むしろ、妙なしがらみがなくなったぶん、気が楽になったじゃないか。

仕事やめたいって思ってたところだったしね。ちょうどいい。

このまま未来の世界を見て回るのもいいかもしれない。

「聖女さま？　どうしたのですか」

「なんでもありませんよ。それと私は聖女ではありません。自由気ままに旅をする、しがない錬金術師です」

一章

Tensai Renkin Jutsushi ha Kimamani Tabi Suru

錬金術師の私は、仮死状態から目覚めたら五〇〇年も経っていた。私のよく知る世界とは、まったく異なった世界に来てしまったといっても過言ではない。

だが、まあまあ。そんなに悲観はしてないわ。

だってパワハラ上司はここにはいないわけだし、私を縛るものはなにもない！

自由に、気楽に、旅をするぞー、っと思ったわけ。

そんで、現在私は馬車に乗っていた。

森で襲われていた冒険者さんたちを助け、近くの町まで送ってもらうことになったんだけど。

「んあ？　あれ……？」

リーダーさんが夢見心地な顔から一転して、正気に戻る。

首をかしげながら、彼が私に問うてくる。

「あれ、おれ今なんか話してたか？」

「さぁ……？」

リーダーさんがふと私の持ち物に気づく。

「ん、嬢ちゃん、いつの間に手に瓶を持ってたんだい？」

「いやぁ、私マジックが得意でさー。なはは……はぁ……」

さて、状況を説明しましょうかね。

五〇〇年後に目覚めた私。当然、するべきことがある。それは、情報収集だ。

ここは私の知ってる世界の未来。地理、歴史、常識、そのすべてが異なる。

知らないことがあるのなら、情報を集めたくなるのが人情。だけど……。

こっから、さっき実際に起きた会話ね。

『ねえリーダーさん、ポーションが珍しいってどういうこと？』

『ああ……？　まあ、いいや。天導教会のやつらが、ポーションを売るのをゆるしてねえからなぁ』

『てんどう？　なにそれ』

『……嬢ちゃん、さすがに天導教会(てんどうきょうかい)を知らないって、おかしいぞ。だって世界最大規模の宗教団体じゃ……』

『必殺！　忘れろポーション！』

……以上。

「はぁ……そうよねぇ。怪しいわよねぇ」

私は一人考える。

この五〇〇年後の世界の常識を知らないのは、私だけだ。

知りたいことを聞き出そうとしても、さっきのリーダーさんみたいに、怪しまれてしまう。

さっき使ったのは、私の開発した忘れろポーション。

この匂いを嗅いだ人間は、直近の出来事を忘れてしまうのだ！

とまあ、ポーションのおかげで何とかなったけど……さすがにね。

同じようにピンチは回避できるだろうけど、何度もできる手じゃない。

ま、よーするに、だ。

この世界の常識をまず私は集めたい。でもこの世界の人に、この世界の情報を聞くのはさすがにリスクが高すぎる。

リーダーさんはいい人だったからいいものの、これが悪人だったらと思うとぞっとする。

師匠は言っていた。

『情報は武器。知ってることで相手より上に行ける。裏を返せば、知らないってことは、知らないぶんだけ相手より下になる。よく勉強せよ、他人に使われる立場になりたくなければ』

いつの時代も、周りがみんな善人なんてことはありえない。

弱みを見せたら、つけ込まれる。

だから……情報を得るのは、慎重に。かつ、信頼できる相手から。

……っていってもなぁ。

周りに知り合いもいないこの未来の世界に、信頼できる相手なんているわけがない。

「となると、やることは一つっきゃないね」

「ん？　どうしたんだい、嬢ちゃん？」

「いーや、なんでも。それより町はまだかしら？」

「そろそろ見えてくるぞ。ほら、あそこだ」

なかなかにご立派な外壁を持った町に到着した。

入り口では門番がいて、出入りをチェックしてる。この辺は五〇〇年前とあんま変わらない感じかな。

……って、思ってたんだけど。

「なんか入り口で変なの触らされた……」

白いマントを着けた門番が、水晶玉みたいのを差し出してきた。

触った瞬間、ぞくりと悪寒が走り、水晶玉の中に青い煙が発生していた。

「リーダーさん。さっきのは？」

「？　あれは天導のやつらの犯罪鑑定水晶だろ。おい嬢ちゃん……なんでそんなことも」

「くらえ！　忘れろポーション！」

懐から取り出したるは、紫色の小瓶。その中身をびゃっ、とリーダーさんにぶっかける。

するとあら不思議！

「嬢ちゃん、サンジョーの町は初めてかい？」

「う、うん！　へえ、サンジョーっていうのねここ！」

とまあ、こんなふうに直近の記憶が消える。

便利だけど効果が持続しないので、こうして何度もぶっかけないとだめなのよね。

周りから見たら完全にやばいでしょ、急に水ぶっかけるとか……。

しかし、ふぅむ。

「また天導か……。なんかさっきからやたら聞くわねその単語」

早いとこ情報を集めないといけないわ。

馬車は冒険者ギルドの前にとまる。

リーダーさんたちとはここで別れる。

「さて、嬢ちゃん。これからどーするんだい？」

「とりあえず、奴隷。奴隷を買おうかなって」

町に入ったときに気づいたのだ。

馬車から降りてくる、首輪をした人たちのことを。

あれは奴隷だ。罪を犯した人たち、貧しい人たちが、奴隷商に買われて、ああして商品として売られている。

五〇〇年経っても変わらないのねえ。まあ都合がいい。

そう、奴隷だ。彼らは購入時に、主人と契約を結ぶ。

奴隷たちは主人に絶対逆らえない。嘘をつけない。

この世界の情報を引き出すには、とても都合のいい相手だ。

「奴隷か。でもこのサンジョーの町には、それほどでっけえ奴隷商館はねえぞ。売ってるのも年老いたり何かしら問題を抱えていたりする、価値の低い奴隷しか売ってないだろうけど」

ありがとう、リーダーさん。忘れろポーションはぶっかけないでおこう。

「大丈夫。その辺なんとかなるからね。それと……ポーション買い取ってくれてありがとう」

「なに、安いもんさ」

リーダーさんにポーションを売って得た金がある。

正直、これがどれくらいの貨幣価値なのかもさっぱり。

このさっぱり状態がずぅっと続くと、そのうち大ぽかやりそう。

だから、この町でささっと、奴隷を買うの。

「それじゃ、リーダーさん。ありがとう」

「ああ、嬢ちゃんも気ぃつけてなぁ！」

さて私はリーダーさんから教えてもらった、奴隷商館の場所へと向かう。

なかなか立派な館に到着。

出てきたデブな支配人に話をつけて、私は館の中に入る。

「どんな商品をお探しで〜？」

商品、ねえ……。私あんま奴隷を商品って思いたくないのよね。

理由？

ふっ……私が奴隷のように、こき使われてたからよ！　あの所長のＢＢＡぁ〜！

だから奴隷をもののように扱いたくないのよね。

「セイさま？」

「ああ、ええっと……若い方がいいわ」

「若い奴隷ですと、それなりにお値段しますけど？」

「うん。だから、怪我とか病気とかしてていいから、若くて安い子ちょうだい」

怪我病気の奴隷なら、安く売ってるだろう。そこで私のポーションの出番ですよ。

安く買ってあとで治療すればあら不思議、健康で若くて使える奴隷が安く手に入るって寸法！

いやぁ、錬金術師やっててよかったわー。

☆

サンジョーの町へと到着。
信頼できる情報収集源が欲しいってことで、奴隷を購入することにした。
怪我や病気をしていてもいいから、若い子をちょうだいな！
……と奴隷商人の主に注文したんだけども。
「どーしてこうなった……」
私がいるのは近くの安宿。
その部屋には三人の奴隷がいる。
三人って。いや、そんなにいらないから……！　一人で十分だから！
って思ったんだけど、どうやら訳ありらしい。
この三人は同じ主のもとにいて、まあその……そこの主がひっどい人だったらしい。
まず、一人目。一番年齢が高い。たぶん十代後半かな。
「えっと……あなたがトーカちゃん……ね」
「………………」
こくり、とうなずくトーカちゃん。
蜥蜴人……だと思う。
二足歩行する、大きな赤いトカゲ……だと思う。
なんであやふやかって？

部位がだいぶないからだよ！

蜥蜴人なのに、うろこが全部ひきはがされてる。うろこを取った魚みたいで痛々しい。

また、右目が潰れてるのか、眼帯をしている。尻尾も切断されて、右手と左足がない。

「おうふ……トーカちゃん、よく生きてるねそれで……」

「…………」

またもこくりとうなずく。あんまりしゃべるのが得意じゃないのかな。まあ……初対面だし、ひどい目にあってきただろうしなぁ。

「で、あとの二人は……ゼニスちゃんと、ダフネちゃんね」

「……はい、ご主人さま。ゼニスです」

「……ごめんなさいごめんなさいごめんなさい」

ゼニスちゃんは、青い髪をした小さな女の子。

人間……だよね。たぶん。

きちんと私を見て挨拶をしてきたあたり、知能は高いのかも。

ただ、体のあちこちに火傷（やけど）の痕があった。また……。

「あなた、目が見えてないわね」

「その通りです、ご主人さま。申し訳ございません、こんな役立たずで」

さっきから私の顔ではなく、見当違いの方を見ているから、そうじゃないかなって思ってた。

「で、最後はダフネちゃんね」

「ひぐう！　ごめんなさいごめんなさいぶたないでぇ……！」

ダフネちゃんは、たぶん獣人だ。ラビ族だと思う。うさ耳が特徴の種族だ。

たぶん、とか思う、となってしまうのは……トーカちゃんと一緒で、パーツを切断されているから。

緑色のふわふわとした髪の毛からは、白い二本のうさ耳が生えてる。

……でも、片方がじょきんと、明らかにハサミで斬られた痕があった。

どの子も、見てて痛ましいわ。同性で、しかもみんな年下っぽいからよけいにね。

「さて……と」

蜥蜴人のトーカちゃん。全身うろこ強制剥離。右腕左足欠損。右目欠損。

人間のゼニスちゃん。後天性の盲目（火傷痕あり）。

ラビ族のダフネちゃん。右耳欠損。心的外傷あり。

どの子も女の子で、心も体もボロボロだ。

「三人セットじゃないと売らないなんて、あの館のじじいめ」

「ご主人さま、申し訳ありません。ダフネは私たちから離れるとおそらく死んでしまいます。トーカはたぶん、私たちから離すと主人を殺すかと」

こわっ！　え、思った以上にトーカちゃん……バーサーカーじゃーん。

「うん、離さないでね、トーカちゃん」

「…………」こくん。

「ねえ、ゼニスちゃん。トーカちゃんはしゃべれないの？　それとも、しゃべりたくないの？」

「前者です。喉を潰されてます」

「あらまぁ……トーカちゃんが一番ひどいわね、症状が」

「はい。我々の代わりに、前のご主人さまからの折檻を受けておりましたゆえ」

なるほどねえ……。

「しかしゼニスちゃんは小さい割に、随分とハキハキ話すのね」

「前は本が好きだったので」

前は……か。今は目を潰されて、見えなくなって。さぞ困ってることだろう。

「うん。状況はわかった。トーカちゃん、ゼニスちゃん、ダフネちゃん。今日からよろしくね。私はセイ・ファート。セイでいいわ」

「…………」「よろしくお願いします、セイ・ファートさま」「ぶたないでぶたないでぶたないでぇ……」

う、うーん……前途多難！

私上手くやってけるかしら。

「セイ・ファートさま」

「ゼニスちゃん、フルネームで言わなくていいから」

「では、セイさま。まずは何をなさりますか？」

ゼニスちゃん、一番まともにコミュニケーション取れるから便利。

「えーと、それじゃあまずは治療からかな」

「「……？」」

私は空中に工房を出現させる。

「ひぅ！　ぜにすちゃん！　空中になにかできたのです！　こわいのです！」

「ダフネ。揺すらないで。見えてないから、わたし」

工房の中に薬草を入れて、ほいっとお手軽ポーションゲット。

「さ、みんな。これ飲んで」

てきとーに作った下級ポーションだ。

トーカちゃんたち全員に手渡しする。

「…………」

あぐあぐ、とトーカちゃん、瓶ごと咥(くわ)えてる。

「ウェイウェイ、トーカちゃん。それ蓋開けて飲むの」

「…………」こくん。

ゼニスちゃんには、私が蓋を開けて、直接口に入れた。

「で、最後はダフネちゃんだけど……」

「飲みますです！　だからぶたないで！　ぶたないでー！」

「ぶたないわよ……」

三人ともが下級ポーションを飲む。

すると三人の体が光り出す。

なくなった腕やら足が、にょきっと生える。

失っていたものが元に戻っていく……。

「す、すごいでござる！　主殿！」

「ござる……？　トーカちゃん？」

蜥蜴人だったトーカちゃん。

だが今の彼女は……見た目人間だ。

「なんかビジュアル変わってない？」

「はい！　主殿のおかげで、拙者、存在進化したのでござる!!」

「存在進化……魔物が進化するあれ？」

「はいでござる！！　なんか元気もりもりで、今まで以上にパワーあふれる感じになりました！　どうでしょうか、お二人ともっ？」

ゼニスちゃんは火傷の痕が治って、目が見えるようになってる……って。

「ゼニスちゃん、なんか耳がとがってない？」

「は、はい……私、実はエルフなんです。耳を切られてましたが……」

ああ、エルフなんだ。

だから見た目の割にかしこそうなしゃべり方してたのね。

「すごい……セイさま。トーカが、蜥蜴人から、火竜人に進化してます……」

ゼニスちゃん、トーカちゃんの進化した姿を一発で見抜いた。

これは頭の善し悪しだけじゃなくて、何か特別なもの持ってるかも。目とか？

「す、すごいのですー！　だふねのお耳が生えてきたのですっ！」

ぴこぴことダフネちゃんのうさ耳が動く。うむ、あとで触らせておくれ。

「ありがとうございます！　主殿！　いや、聖女殿！」

「感謝しますセイさま。もしかして、天導教会の聖女さまでしょうか？」

「ありがとー聖女のおねえちゃんっ！」

情報量多くてついていけないけど……まあ、一言だけ。

「いや、聖女じゃなくて、ただの錬金術師ですから、私」

きょとんとする奴隷たち。

ゼニスちゃんだけが、突っ込む。

「いえ、ご主人さま。それはありえません。どこの世界に、種族を進化させ、欠損を治すポーションを作れる、錬金術師がいるのですか？」

「ここにいるけど？」

「…………………」

まあなにはともあれ、これで安くて可愛い旅のお供×三ゲットだぜ！

☆

私ことセイはサンジョーの町へ到着し、そこで可愛い奴隷の女の子たちを購入した。

火竜人のトーカちゃん。

エルフのゼニスちゃん。

ラビ族のダフネちゃん。

「おねーちゃーん♡」

「おお、よしよし、ダフネちゃんはもふもふねー」

宿屋にて、私の膝の上には、ラビ族の少女が乗っかっている。

ダフネちゃんはすっかり私になついているようだ。

ふわふわの緑色の髪の毛に、ぴくぴく動くうさ耳が触ってて心地よい。

「主殿とダフネは、すっかり仲良しでござるなぁ」

「……今まで人間にひどいことばかりされていたからね。セイさまのような優しい人間は初めてなのでしょう」

おやまあ、それはかわいそうに。

「私も元奴隷だったから苦労がわかるのよねー」

「……セイさまは奴隷だったのですか？」

「ええ、社会の歯車という名の奴隷」

「……難しい概念ですね」

ややあって。

私たちは食堂へと移動してきた。

椅子に腰掛けると、三人はじっと立ったままである。

「どうしたの？　座らないの？」

「……いえ、セイさま。奴隷は主人と同じテーブルにつかないものです」

「え、そうなんだ」

この未来での、正しい奴隷の扱いなんて知らない。

そもそも、私、小さい頃から師匠に錬金術叩き込まれて、そのあとも宮廷でずぅっと研究と仕事ばっかりだったから、外の常識ってわからないのよね。

「いいって、気にしないで座りなさい」

「……ですが。わたしどものような卑しい身分のものが、同席してもよいのですか？」

うんうん、とトーカちゃんたちがうなずく。

「いいのよ。てゆーか、ゼニスちゃん。あとトーカちゃんもダフネちゃんも。私はあなたたちを一個人として尊重するわ。たとえ一般人が奴隷を物として扱ってようと、私はこれから一緒に旅する仲間だと思ってるから」

「「仲間……！」」

トーカちゃんとダフネちゃんが表情を明るくする。ゼニスちゃんは目を丸くしていた。

「そんなこと言われたの……初めてなのです！」

「拙者たちを個人として扱ってくださるなんて……！　なんてお優しい方なのでござる！」

「……セイさまの寛大なお心遣いに、感謝申し上げます」

お、大げさだなぁ……。

まあ、うん。奴隷を物扱いするのは絶対ＮＧだと思う。なぜって？

私もそうされてきたからさ！

「とにかく君たちは物じゃありません。私も含めてな！　おっけー？」

「「おっけーおっけー！」」

「よしよし、じゃご飯食べましょ」

ややあって。ある程度食事を終えたあたりで、改めて自己紹介する。

「私はセイ・ファート。錬金術師。事情は、さっき部屋で言った通りよ」

この子たちにはある程度、事情は話してる。

五〇〇年前の人間であることを。三人は奴隷であり、主人から他言無用という命令を受けている。

だから、誰かにうっかり漏らすことはない。安全。

「いろんなこと知らないから、教えてね。はいじゃあ君たちのこと教えて。得意なこととか。はい、トーカちゃん」

「うむ！　トーカでござる！　力には自信がありますぞ！」

むん！　とトーカちゃんが腕を曲げる。

おお、すごい筋肉だ。

「元々は蜥蜴人でござったが、主殿のおかげで火竜人となりましたでござる。前より膂力が上がり、あとは武芸の心得がございまする！」

「なるほど、トーカちゃんは力と武芸の心得あり……と。次は、ダフネちゃん」

ぴょこっ、とうさ耳が動く。きゃわわ。

「だふねは、ダフネなのです！　ラビ族なのです！　えと……耳がいいのです！　動物さんとも会話できます！　馬車を御することも、できるのです！」

ラビ族とは見ての通り、ウサギの獣人だ。

「なるほど、動物と心を通わせる力がある。馬車を御することもできると……じゃあ最後はゼニスちゃん」

エルフ少女のゼニスちゃんが、こくんとうなずく。

「……ゼニス・アネモスギーヴです。いろんな本を読んできたので、多少知識の蓄えはあります。それと、多少魔法の心得も」

「ゼニスちゃんは知識量と魔法……ん？　アネモスギーヴ？　名字なんて持ってるの？」

「……はい。いちおう」

ゼニスちゃんが言いにくそうにしている。そこへ、トーカちゃんが補足する。

「ゼニスは元王族なのでござるよ」

「なぬ！　王族……へえ……」

「……といっても、元です。クーデターがあって、私の父は殺されました。女子供は奴隷として売り飛ばされて今に至ります」

な、なかなかハードな人生送ってるなぁ。

でも、そっか。元王族なら知識だけじゃなくて、マナーとか、世界情勢にも明るいかも。

王族ならそういう教養は身につけているだろうし。

「自己紹介ありがとうみんな。それぞれ得意なことがバラバラで助かったわ。私、基本ポーション作る以外に何もできないから、助けてくれるとうれしいわ」

きょとん、と三人が目を点にしてる。

「なるほど！　すごい御仁は、謙虚ということですなぁ！　さすが主殿！」

「だふね知ってるのです！　おねえちゃんはどんな怪我も一発で治せる、ものすっごい人なのです！」

「……天導教会の聖女よりもすごい治癒力を持っていて、できないことは何もないかと」

あ、あれぇ。信じてもらえない……。

「あ、そうそう。それだ。ゼニスちゃん、天導教会ってなに？　聖女って？」

「それは……」

と、そのときだった。

「おお、嬢ちゃん！　ここにいたか!?」

「あれ、あなたはリーダーさん」

この町へ来るとき、馬車に乗っけてくれた冒険者パーティのリーダーさんだった。

彼は慌てて私のもとへやってくる。

「どうかしたのですか？」

「ああ！　嬢ちゃん、解毒ポーションって持ってるかい!?」

すっごい剣幕だ。よほどの緊急事態があったのだろう。

「もちろん」

「よかった！　嬢ちゃんほどの錬金術師ならあるって見込み通り！　頼む！　譲ってくれないか！　金はいくらでも出す！」

この人にはこの町まで馬車に乗せてもらった恩があるからな。

「わかりました。お譲りしましょう。ただし」

「条件か！　なんだ、おれにできることならなんでもするぞ！」

「お金はいりません」

「は……？　か、金は……いらない？」

ぽかんとする彼をよそに、私は立ち上がる。

「さ、君たち。行きますよ。リーダーさん、患者のもとに案内してくれますか？」

「え？　あ……え、あ、……ああ」

宿屋を出ると、リーダーさんが困惑顔で聞いてくる。

「じょ、嬢ちゃん金はいらないって……」

「言葉通りですよ」

解毒ポーションくらい、簡単に作れるしね。

「治せる保証はありませんし」

「嬢ちゃんのポーションでだめなら諦めて、もう天導の蘇生装置を使うよ」

「蘇生装置……」

まーた知らない単語。まーた天導ですか。

五〇〇年で冒険者ギルドや宿屋といったシステムが変わらないのに、そこだけまるっと変わってる。なんなのだろうね。

ややあって。

ギルドへとやってきた。

「う……これはひどい……」

床に一人の、女剣士が寝かされていた。

見えている肌の部分が毒に冒されている。

「フィライト！　もう大丈夫だぞ！　すごい錬金術師を連れてきたんだ！　彼女のポーションなら治るぞ！」

「ボルス……」

リーダーさんがボルス。フィライトってのが毒にやられてる女剣士ね。

この口ぶりから……二人は恋人同士なのかしらっと。

「もう……いいわ……おとなしく蘇生を、教会の庇護(ひご)を受けるから……」

「だめだ！　おれはフィライトを失いたくない！」

うーん？　蘇生？　教会の庇護？

ゼニスちゃんに聞けばわかるだろうけど、今は緊急事態だ。

私は解毒ポーションを、ちゃちゃっと作る。

手持ちの薬草と、あとここへ来る途中マーケットで手に入れた素材を、工房を展開して作る。

「はい、リーダー……ボルスさんだっけ？　これ使って」

ボルスさんが蓋を開けて、フィライトさんに解毒ポーションを飲ませる。

すると……かっ！　と彼女の体が白く輝く。

みるみるうちに肌の色が元通りとなった。

「フィライト！　ああ、よかった！　よかったぁ……！」

「……信じられない。ヒドラの死毒を、解毒しちゃうなんて……」

フィライトさんが驚愕（きょうがく）の表情をしている。

ヒドラ？

「嬢ちゃんは命の恩人だ！　ありがとう、ありがとぅぉ！」

いろんな知らない単語ましましだけど、いっか！　あとでゼニスちゃんに聞けばいいし。

☆

私ことセイ・ファートは、冒険者ギルドで毒を浴びた女剣士さんを助けた。

「あー……めんどくさかったー」

私は今、徒歩でサンジョーの町を離れていた。

シスターズがぞろぞろと歩いてくる。ゼニスちゃんたちのことね。

なんかいい呼び方ないかなぁって思って、これにした。

だってみんな年下だし、可愛いし、妹みたいだもんね。

「おねえちゃんおねえちゃんっ」

「ん？　どうしたのダフネちゃん？」

ラビ族の少女ダフネちゃんが、私に尋ねてくる。

「よかったのです？　お礼したいとか言ってたのです、さっきの人たち」

……さて。

私は知り合いの冒険者から、解毒を頼まれた。

ヒドラとかいう、聞いたことないモンスターの毒を浴びて瀕死の女剣士を、私が治療した。

『す、素晴らしい！』『一瞬で死毒を解毒するなんて！』『すごい、こんな解毒は初めて見た！』『聖女さまだ！　聖女さまー！』

……とまあギルドは大騒ぎ。

そして始まる、私が誰なのかー、とか、是非ともうちにー、とかの面倒ごと。

「その他諸々がめんどくさくってさ。もったいないけど転移ポーションを使っちゃった」

転移ポーション。

これは私が自宅から持ち出した、秘蔵のポーションの一つだ。

「……セイさま、すごいです。転移魔法ですよね？　町の中から、町の外へ一瞬で飛んだ」

エルフで頭のいいゼニスちゃんが私に聞いてくる。

「ううん、ポーションだよ」

「……いや、あの、どこの世界に、転移魔法を発動させるポーションがあるんですか？」

「え、ここにあるけど」

「…………」

ちなみにモンスターパレード時に使わなかったのは、封印を解いてる時間がなかったからだ。

希少なのよこれ。だから他人に勝手に使われないよう封印の術式を組んでおいたのだ。

解除してる時間がなかったから、あのとき使わなかったけども（気が動転してて忘れてたのもある）。

「しかしもったいないなぁ。上級ポーションを使っちゃったよ」

「……上級ポーション、とは？」

ゼニスちゃんは知的好奇心が旺盛だなぁ。

「私の奥の手、かな」

「……奥の手？」

「まあ簡単に言えばとても効果の高いポーションのこと。治癒のポーション、解毒ポーションのように、簡単には作れないの。家から持ち出した上級ポーションは、どれも一本ずつ。転移ポーションはしばらく使えないなぁ」

しばらく旅を続けたいが、上級ポーションを作るとなると、大きな工房と時間が必要となる。

さてどーするかね。ま、それはおいおいどうにかなるか。

「……上級……魔法効果を付与したポーション、のことでしょうか」

「おお、そんな感じ。さすがゼニスちゃん、頭いいねー」

私はよしよしとゼニスちゃんの、青い髪の毛をなでる。

艶のある、まるで絹みたいな触り心地で、触ってて気持ちええ……。

「…………」

「あ、ずるいずるいですっ！　だふねもおねえちゃんに、頭なでなでしてほしーですー！」

ダフネちゃんが子猫みたいにくっついてきて、頭をぐりぐりと押しつけてくる。

子猫みたいで可愛いなぁ。

「ま、とにかく面倒ごとは避けるのがベストよ。私は気楽に旅をしたいの。そんな旅の方針でいい？」

先頭を歩く、火竜人のトーカちゃんが、こくんとうなずく。

「拙者たちは主殿の奴隷、決定には従います！」

「そかそか。そりゃよかった。てゆーか……買い物ほとんどできなかったー。馬車とか、食料とか、調達しておきたいわよね。特に食料」

ゼニスちゃんが少し考えて言う。

「……ここから一番近い町ですと、南下していくと、ミツケという町があります。ただ、徒歩となると一日はかかるかと」

「うーん、一日飲まず食わずはきっついわー……。どこかで食料を調達しましょう」

では！　とトーカちゃんが元気よく手を上げる。

「野営でござるな！　拙者、狩りは得意でござる！」

「おお、さすが体力担当。期待してるわよ。じゃあさっそく獲物を……」

と、そのときだった。

ぴんっ、とダフネちゃんのうさ耳が立つ。

「あ、あのあの！　おねえちゃん！」

「ん？　なぁにダフネちゃん？」

「け、獣の声がするです！　あっちの森の方から！」

びしっ、とダフネちゃんが南の方の森を指さす。

おお、さすが耳のいいダフネちゃん。なるほど、動物と話せるだけじゃなくて、こういう力もあるわけね。

「よっし、拙者の出番でござるなー！」

敵が来ると言っても臆した様子はない。マジで得意なのね、狩りが。

……ん？

「でもトーカちゃん、武器持ってないけど大丈夫？」

「心配ご無用！　森の獣くらいなら、拙者素手で倒せますゆえ！」

とまあ、息巻いていたトーカちゃんだったんだけど……。

「「「…………」」」

「さすがにあれは無理よねぇ、素手じゃ」

森の茂みから、私たちは獣の様子をうかがう。

巨大蛇だった。しかも、体からはどろどろっとした毒を分泌してる。

ぽたぽた……と体表から漏れ出る毒は、地面に落ちるとじゅう……という湯気を立てていた。

結構な毒だ。しかもあの煙を吸い込んでも粘膜をやられそう。

「セ、セイさま、こいつはヒドラです。先ほどの冒険者さんたちを苦しめていたモンスター！」

「あ、主殿……逃げましょう。拙者さすがにあれを素手では無理です……」

シスターズの頭脳担当ゼニスちゃんと、体力担当トーカちゃんが怯えてるわ。

そんだけ怖いのかしら？　でもねぇ……。

「素手で倒すのは無理くさいけど、逃げなくてていいでしょ、あれくらい」

一瞬、ぽかんとした表情になるシスターズ。あれ、おかしなこと言ったかしら、私。

しかしすぐに我に返ったトーカちゃんが、怒った調子で言う。

「なっ!? 何をおっしゃる！」

怒ったのは、私が無謀なことしようとしたからだろう。

つまり優しさから来る怒りなのだ。別に怒られても、不快な気分にはならない。

てゆーか、あれって師匠のとこでよく見た毒蛇じゃないか。

なんだなんだ。あんなのをみんな怖がってるの？ ちょちょいのちょいで倒せるでしょ？

「ちょうどいい、素材ゲットのチャンス。行くわよ……！」

「主殿!?」「……セイさま!?」「おねーちゃん!?」

私は毒蛇の前に立つ。

「ふしゃぁあああああああああ！」

「そぉおおおおおおおおおおい！」

私は、取り出した普通のポーション瓶を、毒蛇めがけてぶん投げる。

瓶は毒蛇の鼻先にぶつかって、中身をぶちまける。

じゅぉ……！

「ぎしゃ……！」

一発で、毒蛇を覆っていた毒液が浄化される……。

見上げるほどの毒蛇は、一瞬にして、通常の蛇にまでサイズダウンした。

「あ、逃げちゃう！　トーカちゃんそいつ捕まえて！」

「あ、え……？　あ、は、はい！」

逃げていく元でか蛇は、トーカちゃんの手で捕縛される。

ナイス。

「はいトーカちゃん、生きたままそいつを、この瓶の中に入れて」

口の大きなポーション瓶を、私はトーカちゃんに突き出す。

おずおずと蛇を瓶に入れる。蓋をして、完成。

「ふぅ……！　素材ゲット！　いやぁ、食料にはならなかったけど貴重な素材を……って、どうしたの三人とも？」

ぽかーんとするトーカちゃんたち。

「あ、あの巨大な毒蛇を……一撃で!?」

「すごいすごいすごいのですー！」

トーカちゃんダフネちゃんがキラキラした目を向けてくる。

一方でゼニスちゃんが戦慄の表情で尋ねてくる。

「……い、今のどうやったのですか？　高度な神聖魔法？」

「え、ただ解毒ポーションぶっかけただけだよ？」

「……解毒、ポーション……」

体表を覆ってる毒を、解毒ポーションで中和しただけだ。

「さっきの毒蛇は、師匠に散々捕らされてたっけ。だから対処方法もわかってたんだよねぇ」

「……すごい。ヒドラを、倒すなんて……やはりセイさまは聖女なのでは」

ぶつぶつ、とゼニスちゃんがつぶやいている。

「ま、蛇は食えないから他の食材探しましょ。トーカちゃん、ダフネちゃん、頼りにしてるわ」

「「はーい！」」

☆

セイがヒドラを倒してから、数日後の出来事だ。

女剣士であり、冒険者でもあるフィライト。この世界で数えるほどしかいない、Sランク冒険者の一人だ。

フィライトは先日、謎の聖女の手によって、ヒドラの毒を解毒してもらい、一命を取り留めた人物である。

フィライト、そして恋人のボルス（セイをサンジョーの町までつれてきたリーダー）は、冒険者ギルドのギルドマスターのもとへ呼び出されていた。

「来たか、フィライト、ボルス」

「遅くなってすみませんわ、ギルマス」

フィライトとボルスは、ギルドマスター、略してギルマスに促されてソファに座る。

「それで、見つかったか？　謎の聖女さまは」

フィライトは失意の表情でうつむき、ふるふると首を振る。

はぁ……と大きくため息をつく様は、まるで恋する乙女のようだ。

一方でボルスは軽くため息をついて、肩をすくませる。

「それが……方々探し回ったんだけどよ、どこにもあの嬢ちゃんが見つからなくって……いたたたっ！」

ボルスの耳を、フィライトが強めに引っ張る。

「不敬ですわよ、ボルス。聖女さま、でしょう？」

「いやまあ……いいじゃあねえか。本人がここにいないんだし」

聖女、すなわちセイのことだ。

フィライトたちはセイを探しているのである。

「天導教会に探りを入れてみたんだが、やはり白銀のきれいな髪をした聖女はいないそうだ……」

「白銀の聖女さま……」

もちろんセイのことである。

セイ・ファートはこの世界では珍しく、輝くような白銀の髪を持っていた。

彼女の名前はわからないが、白銀の髪をした人間で、あれほどまでの治癒の力を持つものは、二人といないだろう。

だがどこを探しても、白銀の聖女は見つからないのだ。

「もーいないんじゃねえかな。こないだフィライトを治療したとき、煙のように消えちまったじゃねえかよ」

「かもしれないな……ううむ、惜しい。実に惜しいことをした」

ボルス、そしてギルマスがハァ……とため息をつく。

「ボルスたちも知っての通りだが、天導教会のクソどものせいで、今この世界では気軽に治癒、解毒ができなくなっちまってる。やつらは大金をおれらからふんだくって、簡単な治療しかしてくんねえ。しかも、やつらは自分たちの抱える聖女さまのお力を際立たせるため、ポーションの販売を規制してやがる」

セイがいた世界と今の世界とでは、情勢が異なる。

この世界の治癒・治療行為はすべて、天導教会という新しい組織が独占しているのだ。

「ギルマス。おれぁ……よぉ、天導の聖女ってやつに会ったことがある。あいつらは自分が神に選ばれた特別な存在だと思ってやがる。実に高慢なやつらさ。けど……あのきれいな髪の嬢ちゃんは違う」

ボルスは述懐する。

恋人が死に瀕してるとき、セイは嫌がるそぶりをまったく見せず、患者のもとへと足を運んだ。

そして、恐ろしいまでの治癒の力をもって、恋人の命を救った。そのうえで……。

「人を助け、しかもお礼も受け取らず、煙のように去っていく……素晴らしいですわ」

ほぅ……とフィライトが熱っぽく息をつく。

「白銀の聖女さま……ああ、会いたいですわ。一言、お礼を言うだけでいいのに……」

「フィライトよぉ、おめえすっかりあの嬢ちゃんの信者……」

「嬢ちゃんじゃなくて、聖女さま……でしょ？　ボルス？」

いつの間にか、フィライトは剣を抜いていた。

恋人のボルスの首元に剣をそわせて、険しい表情をしている。

ボルスがハンズアップすると、恋人は剣を下ろした。

「ま、あの白銀の聖女さま探しは引き続きやってくさ。あの方が天導教会に属さない聖女さまだとしたら、是が非でも彼女といい関係を作りたい」

天導教会の聖女は、高い金をふんだくる悪者、という共通意識が冒険者たちにはあるのだ。

と、そのときだった。

「し、失礼します！」

一人の冒険者が、慌ててギルマスの部屋に入ってきた。

「どうした？」

「ほ、報告します！　ヒドラが討伐されました！」

「「「なっ!?　なんだって!?」」」

☆

フィライト、そしてボルスは、ヒドラ討伐の報告を聞いて、現地へと急行した。

現地ではドルイドの職業を持った冒険者が立っている。

ドルイド。植物と意識をリンクさせ、会話できるという、特別な力を持つ。

「それで、本当にヒドラは倒されたのか？」

「……はい。この子たちが見ていたそうです」

ドルイドが持っていた杖で、近くの樹を指す。

「毒の蛇を倒す、白銀の髪の女性の姿を」

「！　そ、それは……白銀の聖女さまですの!?」

フィライトがドルイドにくってかかる。

「……さ、さあ……ただ、三人の奴隷を連れていたそうです」

「あの嬢ちゃんも確か、サンジョーの町で奴隷を買ってたな。数は三」

ボルスは内心動揺していた。

ヒドラ討伐の任務は、Sランクである恋人のフィライトが請け負っていた。

だが彼女は仲間と協力して討伐任務に当たったものの、完敗した。

フィライトの強さはよく知っている。竜を単独で討伐できるほどの超実力者だ。

……そんな彼女が勝てなかったヒドラを、あのひ弱そうな女性が倒した？

にわかには信じられない。だが……。

「ああ！　白銀の聖女さま！　慈悲深いだけでなく、お強いだなんて！　きっと聖なる力で悪を討ったのですわ！　はぁ～……素敵♡　素晴らしいですわぁん♡」

どうやらフィライトは、完全にセイがヒドラを倒したと思っているらしい。

しかも、自分が勝てなかった相手を、小娘が倒したと知っても、へこんでる様子もない。

「ドルイドさん！　聖女さまはどちらに向かわれたのですの!?」

フィライトがドルイドの襟首をつかんで、鬼気迫る表情で詰問する。

ボルスは彼女の襟首を摘まんで引きはがす。

「……そ、その人は森を抜けて、南へ向かったそうです」

「となると、こっから近い町といや、ミツケの町かな」

なるほど！　とフィライトがうなずく。

「では行きますわよ、ボルス！　聖女さまを探し出すのですわ！」

だっ……！　と走り出したフィライトのあとにボルスが続く。

歩きながら、ごくり……とボルスは息をのむ。

ヒドラは猛毒を発している。空気を、そして大地を汚す力を持つ。

だがこの森はとても静かで、そして穏やかだ。

毒による被害なんてまるで感じさせない。

「……Sランクでも手を焼くヒドラを倒し、その毒を中和して森を再生するなんて……マジで本物の聖女さまかもな。いや……ひょっとして、天導教会のボス、大聖女と同じ力を……」

「ボルス！　行きますわよ！」

……想像で語っていてもしょうがない。

今は、あの白銀の聖女を探して会うことが先決だ。

☆

毒蛇をゲットした数日後。

私は奴隷ちゃん三人を連れて、ミツケという町を訪れていた。

マーケットである程度の買い物を済ませる。馬車の手配、食料の買い込み。

そして……市場調査。

やはり市場を見てわかったけど、どこにもポーションが売られていなかった。

商業ギルドにも顔を出したけれど、そこでも下級のポーションすら出回ってない様子。

じゃあどこでポーションが売られてるかというと、アングラな雰囲気漂う、裏路地の店。

そこでポーションを買ってみたんだけど……。

まあ、ひどいものだった。まず質。悪すぎ。これじゃ擦り傷治すくらいが関の山だ。

出血は止められるだろうけど、致命傷となる傷を治すまでにはいかない。

もっと質のいいポーションがないか聞いたんだけど、そんなものはないし、そもそも作れないそうだ。

五〇〇年後の錬金術師たちはどうしてしまったのだろうか……。

そういえば錬金術師を町でまったく見かけなかったな。

「さて、買い出しと聞き取り終わりっと」

私たちは二手に分かれて行動。

私とゼニスちゃんのペア、トーカちゃんとダフネちゃんのペア。

トーカちゃんたちは荷物を馬車に積んでいる。

私とゼニスちゃんは情報収集していた。

「これがポーションかぁ……」

濁った色の瓶を私は見てつぶやく。

「……ええ、この世界じゃ、それをポーションと呼びますね」

ゼニスちゃんが真面目な顔で言う。

この子が嘘や冗談を言うようには思えない。ってことはマジなのだろう。

……ふざけんなって、ちょっと怒りを覚えてしまう。

「こんなのポーションじゃない。泥水だ」

私はまあ、とりわけ意識の高い錬金術師じゃないけど、さすがにこんな質の悪いもんをポーションだって言われて出された日には、売ってるやつをボコってしまいそうな衝動に駆られる。

……まあ、問題は起こさないけど。めんどうだし。

「……高価なポーションを泥水なんて……。五〇〇年前とは状況が異なるのですか？」

「そーね。さすがにここまで質の低いものは、なかったかな。そもそも市場には出回らなかったし、こんなクズポーション」

私は市場をある程度見て回って、見えざる圧力のようなものを感じた。

誰かの意思で、ポーション技術が無理矢理衰退させられてる、ような。

その大元は、天導教会とかいう、怪しげな組織にある……ような気がする。

「ま、私には関係ないけど……！」

余計なことには首を突っ込まない。

別にポーション衰退の原因を突き止めるぜ！　とか。

大いなる謎に踏み込んでいくぜ！　なーんて気概はさらっさらないのよ。

私がしたいのは自由な旅。

パワハラ上司もいない世界を、のんびり楽しく過ごせりゃそれでいいわけさ。

「準備も整ったし、もめ事が起きる前に出発しましょ」

と、そのときだった。

「きゃっ！」

どんっ、と私に誰かがぶつかってきたのだ。

「おっと、大丈夫、お嬢ちゃん？」

「あ、うん……えと、ぶつかってごめんなさい……」

幼女ちゃんが謝ってくる。

「別にいいのよ。って、なにこれ？」

幼女ちゃんの周りには、クッキーが落ちてる。

「あらら、ごめんね。これ、全部買い取るから許して。ゼニスちゃん、お金払って」

金勘定と金の管理は、頭のいい彼女に任せている。

私はこの世界の相場とか知らないので、だまされたら大変。だから信頼してるゼニスちゃんに財布を預けているのだ。

ゼニスちゃんが金額を聞いて、幼女ちゃんにお金を払う。

その間に落ちてるクッキーを集めてひろう。

ふむ……どれ一口。

「う！」

「う？」

「美味いぞ！　シェフだ！　シェフを呼べー！」

特段高級素材を使ってるようには思えない。味付けもシンプルだ。

だというのに、こんなに美味しくできるなんて！

製法？　なにか特殊な製法で作ってるのかしら？

だとしたらエクセレント！　きっと家に伝わる秘伝の味ってやつね！

はー……うま。なんて美味しいクッキーなのかしら！

是非とも作った人に会って、レシピを教わりたいものだ。

「これ作ったのお嬢ちゃん？」

「ううん。おかあさん」

「ほほぅ、お母さんに会わせてくれない？　是非ともレシピを知りたいわ」

私は周囲を見渡す。

すると幼女ちゃんがうつむいて言う。

「……おかあさん、おうち」

「……え？　あなた、一人でクッキー売っていたの？　お母さんの代わりに？」

ゼニスちゃんの言葉に幼女ちゃんがうなずく。

これは……。何か訳ありだろう。

「あなたのおうちに連れてってくれないかしら」

「え……？」

「私、お母さんとお話ししたいの」

レシピ知りたいしね。

幼女ちゃんは迷ったそぶりを見せる。けれどゼニスちゃんを見て、少し警戒心を解いたのか、こくんとうなずいた。

まあ知らない大人に声かけられてびびってしまうのはわかる。

てかゼニスちゃん同世代だと思われたんだ……かわいそう……。

とまあなんやかんやあって、私は幼女ちゃんのおうちに到着。

「ごほっ、ごほっ……あら、お客さん？」

「おかあさん！　ただいまー！」

幼女ちゃんがお母さんにしがみつく。

お母さんは粗末なベッドに寝ていた。明らかに体調が悪そうで、それで痩せている。

……おそらく食べ物を体が受け付けないんだろうな。

「私は旅の者です。そこでこの子からクッキーを買ったんです。とっても美味しくて、よろしければレシピを教えていただけないかと。商売する気はなく、趣味ですね」

なるほど……とお母さんが納得したようにうなずく。だが……。

「ごほっ！　ゲホッ……！」

「！　おかあさんっ！」

ごふ……と血が彼女の口から漏れる。

これは本格的に病状が進んで、やばい状態なのだろう。

私はすかさず魔法でポーションを作り上げて、近くに寄る。

「これを飲んでください」

「……げほごほっ！　こ、これは……ごほごほ！」

「いいから。ほら、ぐいっと」

ここで死なれちゃうと寝覚め悪いし、何より美味しいクッキーがこの世から永遠に失われるなんて、もったいない！

ということで、私は作ったただのポーションをお母さんに飲ませる。すると……。

「う、」

「う？」

「うぉおおおおおお！　みーなーぎってきたぁああああああああああああ！」

ベッドで寝ていたお母さんが立ち上がると……。

ぼっ……！　と体が一瞬で膨らんだ!?

「ふぁ!?　なになに!?」

「ぬぅううん！　力がみなぎるぅうううううう！」

「えええええええええ!?　お、お、男ぉおおおおおお!?」

お母さんと思っていた人物が元気になると、筋肉もりっもりの大男へと変貌した！

「おかぁさん！」

「我が娘よぉ！」

……男なのに、お母さん？

え、え、どゆこと……？

「……セイ様。おそらくは、あの男が母親代わりをしていたのかと」

「あ、な、なるほど……」

一見したら線の細い女性に見えたけど、それは病気で痩せ細っていただけで、実際はこのごりっごりのマッチョ兄さんだったわけだ。

「どうもありがとうございます！　旅の方！　ぬぅうん！　バジリスクの石化光線を受け、体の内部から石になっていくという奇病にかかっていたのに！　ぬぬぅうん！　すっかり元気になりましたぁ！」

「あ、そ、そっすか。よかったすねアハハハ……」

私こういう筋肉ごりごりは苦手だわ……。

あと体育会系のノリもね。前の職場を思い出す……うっ、頭痛が。

「是非ともお礼を！」

「あ、お礼はいいのでレシピを教えてください」

というか、このお母さん……じゃなかった、お父さんがクッキー作ったの？

こんな格闘家みたいな見た目なのに？

ううん……人は見た目によらないのねぇ。

「おねえさん！　おかあさんをなおしてくれて、ありがとー！」

幼女ちゃんが私に笑顔を向ける。

まあここまでするつもりはなかったんだけど……。

ま、いっか！　少女の笑顔、プライスレスだもんね！

☆

病気のお母さん（※お父さん）を治してあげた私。

「わぁ！　うさ耳かわいい！　うごくの－？」

「はいなのです！　うごくのですー！」

幼女ちゃんとシスターズのダフネちゃんがキャッキャと戯れている。

なんという癒やし空間。

「本当にありがとうございました。なんとお礼をしてよいやら……」

おと……おか……お母さんは私に何度も頭を下げてくる。

「お礼は結構です。たいしたことはしてませんので」

「あのような奇跡を起こして、たいしたことはしてないなんて！　謙虚なお方なのですね、聖女さまは……！」

いや聖女って……。私は錬金術師なんだけど……。

この世界じゃ奇跡を起こす人って聖女しかいないのかしらね。

私が生きていた頃はこんくらいのこと、簡単にやってのける人たくさんいたんだけどなぁ。

「しかし何もしないのでは心が痛みます……」

「ふむ……あ、そうだ」

さっきゼニスちゃんと、必要になる物を話していたことを思い出した。

「乗り物になる動物なんか、買えるところって知りませんかね？　私たち旅のものでして」

「なるほど、でしたら、わたくしの知り合いに商人がおります。確か馬車を引く動物も扱っていたと思います」

「では、その方を案内していただけますか？　それでチャラってことで」

お母さんはすごく申し訳なさそうにしていたが、何か思いついた表情になると、うなずいてくれた。何だろう今の？

「では、ご案内しますわ」

「お願いします。ダフネちゃーん、行くわよー」

ダフネちゃんが幼女ちゃんと別れを惜しんでいた。ひしっと抱き合ったあとに、手を振り合う二人。

「お待たせなのです！」

い、癒やし……！

「ダフネちゃん、大丈夫？　つらくない？」

友達と別れるんだ、つらかろうに。

けれど彼女はニパッと笑うと、私に言う。

「ぜんぜん！　ちょっとさみしいけど、だふねにはおねえちゃんがいるから！」

私がいればそれでいいってことか。なんてことだ。癒やし妹……！

ダフネちゃんを抱きしめて、わしゃわしゃとなでてあげる。

「さ、行きましょ。荷車を引く動物を選ぶわよー」

ということで、お母さんのあとをついていく私たち。

ほどなくして、やたらとデカい商業ギルドへとやってきた。

【銀鳳(ぎんおう)商会】と書いてあった。あらまぁ、でっかいギルドじゃないの。

私がいた頃も、確か銀鳳はあった気がする。

お母さんは受付で誰かを呼び出した。現れたのは、赤いスーツに身を包んだ、イケメンだった。

「はぁい、ひさしぶりぃん」

「お久しぶりです！」

スーツのイケメンが、何度も何度も、お母さんに頭を下げてる。え、なにこれ？

「昔ちょーっとこの子をお世話してあげたことがあったのよん」

「は、はあ……」

お世話ってなんだ。まあ深く突っ込まないけど。

お母さんが事情を説明。すると、スーツのイケメンがうなずく。

「わかりました。では、こちらにどうぞ！　誰か！　一番質のいい竜のいるところへ、このお嬢さま方をお連れするのだ！」

イケメンがそう言うと、近くにいたギルドメンバーたちが慌てて動き出した。

あれ、まさかこの人結構偉い感じの人？

「ちょっと見ない間に立派になってねぇ。このギルドのギルマスなんでしょぉ？」

「いえこれもあなたさまのおかげです！」

やはり偉い人だった。ギルマスって。

ほどなくして、私たちは竜舎へとやってきた。

「ここの地竜はどの子も一級品です！　好きなのをお連れくださいい！」

イケメンギルマスがニコニコ笑いながら言う。

……え？

「好きなのって……もしかして、ただ？」

「はい！　ただです！」

まじですか。え、ただ？

「いいの？」

「はい！」

地竜。竜の一種で、走ることに特化したドラゴンだ。

サイズは人間の私よりちょいと大きいくらい。

たくさんの地竜が並んでいる。どれも結構なお値段がした。

「ええと……ほんとにただで譲ってもらっていいんですか？」

だって値札には、結構な金額が書いてあるんだぞ？　あとからお金をせびられても困る。

だから何度も確認しちゃう。

しかし彼は笑顔でうなずいて答える。

「ええ、あの方にはお世話になったんです。だからあの方を助けてくれたあなたになら、喜んで地竜をお譲りします」

うーん、ラッキー。まさか助けた人がそんな重要人物だったとは……。

私は単にクッキーのレシピ知りたかったのと、ま、あとは困ってる人をほっとけなかっただけなんだけどねぇ。

「さて、と。どの子がいいかな。ダフネちゃん」

「はいなのです！」

ぴょこっ、とラビ族の少女が手を上げる。両手を上げて主張する姿に癒やされる。うーん、癒やし。

「あなたたしか動物と話せるんでしょ？」

「はいなのですー！」

ぴょんぴょんと両手を上げて飛ぶダフネちゃん。うさぎみたいできゃわわ。

「じゃあこの中からやる気がありそうな子を選んでくれるかな？」

「はいなのです！　おねえちゃんのために、がんばってえらぶです〜！」

ダフネちゃんが元気いっぱいに駆け出していく。

どうせもらえるなら、モチベの高い地竜をもらいたいもんね。長く使いたいし。

ほどなくして、ダフネちゃんが一匹の赤い地竜を選出。

「だふねたちを見て、すっごいやる気なのです、この子！」

「ぐわぐわっ、がー！」

私たち四人を見て、地竜がふがふがと鼻息を荒くしている。

「ほほぅ。ちなみになんて言ってるの？」

「えとえと、『女の子いっぱいだー！　うひょー！　ハーレムパーティきたー！』って言ってるのです！」

……なんだろう、なんかこいつ選びたくないなぁ。

たぶんオスよねこいつ。

「やる気はあるかい？」

「ぐわ、がー！」「『もちろんさー！』だそうなのです」

まあスケベでもやる気があった方がいいわよね。荒野のど真ん中でやる気を失って立ち往生とか勘弁してほしいし。

「すみません、じゃあこの子いただきますね」

「いいんですか……？　そいつ、手のつけられない暴れん坊ですよ？」

商人さんが目を丸くしている。

「大丈夫だと思います。ね、ええっと……地竜だから……ちーちゃん」

「がー！　ぐわー！」『その名前エクセレントです！　ウルトラ気に入りましたぜ、姐さん！』だそうです」

姐さんって。まあこの子たちの主人だからそういう扱いでいい……のか？

商人さんはなるほど、とうなずく。

「さすが聖女さまは目利きにも優れていらっしゃるのですね」

「いやいや……だから聖女じゃなくて、錬金術師ですから」

「またまた。ご謙遜を。バジリスクの石化を解除できるポーションを作れる錬金術師など存在しませんよ」

目の前にいるんですがそれは……。

まあいいや。訂正するのもめんどいし。ほっとこ。

「聖女さま。実は折り入って頼みがあるのですが、バジリスクの石化を解除したあの聖なる水を、お譲りいただけないでしょうか」

「聖なる水って……ただの解毒ポーションなんだけど、まあいいですよ」

錬金工房にストックしてあった、解毒ポーションを二〇本ほど取り出す。

まあさすがにこの立派な地竜を、ただでもらうのは気が引けたしね。

解毒ポーションなんてその辺の草でちゃちゃっと作れるし、実質ただみたいなもん。

「ありがとうございます。で料金なのですが」

「え、いらないですよ。ただただ」

「こ、こんなに高価な物を、たくさんいただいてよろしいのですか!?」

「ええ、どうぞ。売るなり、困ってる人に使うなりしてあげて」

下級ポーションなんて、呼吸するかのように作れる。

さらに安価な素材で作れるので、別にあげたところでたいした痛手にはならない。

それに商人相手に売ったら金にはなるだろうけど、そうなると「どうやって作った?」だの「その術は誰から教わった?」と追及がうるさそうだからね。

ただであげれば、さすがにそこまで突っ込んではこまい。善意でもらってるんだから、厚かましいって心理が働いて遠慮してくれるからね。

私もいろいろ考えてるのよ。

その後、商館を出て私たちは最終準備に取りかかる。

地竜のちーちゃんに荷車にくっつける。

御者役はダフネちゃんに任せる。

動物と会話できるから、上手く手綱をにぎってくれるだろう。

その隣には、護衛役としてトーカちゃんを座らせる。

腕の立つ彼女には槍(やり)を持たせた。モンスターが出たとき用にね。

私とゼニスちゃんは荷車に乗っかる。幌つき竜車の旅。一人だといろいろだるかったろうけど、奴隷ちゃんたちがいるおかげで楽に進めそうだ。

三人も面倒見るのは大変だと思ったけど、結果的に楽できるしオッケーかな。それに大人数の方が楽しいいし、旅は。

「それじゃ、出発！」

「「おー！」」「ぐわー！」「……はい」

私たちはミツケの町をあとにしたのだった。

☆

セイたちが出発して、数日後。

Sランク冒険者フィライトと、恋人の冒険者ボルスは、ようやくミツケの町へと到着した。

「きっつぅ〜……途中で死喰い花（デス・プラント）の大量発生に見舞われて、すっかり到着が遅れちまったな」

「おいなにぼさっとしてますの!?　白銀の聖女さまを探しますわよ！」

フィライトはかつてセイに命を救われたことがある。

そのときから彼女のファンなのだ。

彼らはギルマスの命令で、セイを探している。

フィライトたちはミツケの町で聞き込みを行った。だが白銀の髪で、奴隷を連れた一行の情報は得られなかった。

そうして彼らは、とある商館を訪れる。

「来たんですの!? 白銀の聖女さまが！」

「ええ、来ましたよ。数日前に。もう出立なさったようですが」

「ああ……そんな……」

フィライトはその場に崩れ落ちる。心からショックを受けているようだ。

大げさだな……とボルスはあきれたようにため息をついた。

確かに白銀の聖女、セイはすごい力を持っている。瀕死のフィライトを死の淵から生き返らせた治癒力、ヒドラの毒をあっさり解毒する力。

それは今この世界で幅をきかせている、天導教会の聖女を遥かに上回る。

白銀の聖女が天導所属でないとしたら、いったい彼女はどこから来た何者なのか……。どこでその力を身につけたのか……。

フィライトとは違い、ボルスの興味はそちらにあった。

「ああ、なるほど……あのお方はやはり聖女でしたか。やはり……」

「やはり？ 何かあったのか？」

ええ、と商人がうなずく。

「先日死喰い花がこの近辺で大量に発生したでしょう？　そのときに多数の負傷者が出たんです。ですが、白銀の聖女さまからいただいた解毒ポーションのおかげで大勢の命が助かったのです」

「なんですって！　詳しく！　教えてくださいまし！」

白銀の聖女ことセイが置いていった解毒ポーション。

死喰い花の毒攻撃を受けた人たちを、たちまち解毒してみせたのだ。

しかも水で薄めて使っても、あの強力な毒を完璧に治してみせた。結果、住民の被害はゼロ。

「あのお方は死喰い花が来ることを予知していたのでしょう。だから、我らにその対抗手段であるポーションを残していかれた……しかも無償で。やはり素晴らしいお方です」

「ああ！　やはり白銀の聖女さまは、慈悲深く、そしてすごいお方です！　未来の危機を予知してみせるなんて！」

町を（結果的に）救ったセイの噂は、ミツケの町から、商人を伝って広がっていくことになる。

それはさておき。

フィライトたちは食堂へと移動し、今後の方針を話し合っていた。

「ここで完全に、白銀の聖女さまの足取りが途絶えたなぁ」

「ああ……聖女さま……会いたいのに会えない……！　もどかしいですわぁ！」

地竜を得た聖女一行は、去っていったという。行き先もわからない彼女たちの、追跡の旅はここで終わりか……。

と、思われたそのときだった。

「せいじょさま？　せいじょさまのおしりあいなのですか？」

一人の幼女が、フィライトたちに近づいてきた。

彼女はセイが助けた、母親……もとい、父親の娘だった。

「お、嬢ちゃん知ってるのか？　白銀の聖女さま」

「うん！　せーじょさまは、おかあさんをたすけてくれたの！」

「おかあさん……？」

ボルスのもとに、ぬぅうっと巨大な影が落ちる。

見上げるとそこには、見事な肉体美を持った、ゴリマッチョな男が立っていた。

「どうもぉ、ママでーす♡」

「お、おう……」

どう見てもママではなく、親父(おやじ)だったのだが……それはさておき。

フィライトは興奮気味に幼女と会話する。

「おかあさんがね、病気で苦しんでたの。そこにね、せいじょさまがきて、なおしてくれたんだ！」

「まあまあ！　それは素晴らしい！　やはり聖女さまは、人々の苦しむ声をどこからか聞きつける素晴らしい耳もお持ちなのでしょう！　すごいですわ！」

否である。単に偶然であって、クッキーレシピ欲しさに、幼女の家に来ただけだった。

ここでもまた、セイの行いが美談として語り継がれていく。

元気になった父親は、病気で閉めていたこの店を再開した、という次第。

「あなた、聖女さまがどこに行ったのか知ってますか？」

「おいおいフィライト。さすがにそんな子供が知ってるわけが……」

幼女は笑顔でうなずいた。

「しってるよ！」

「なっ!?　ほんとですのっ！」

「うんっ。あのね、あ、あね……あねもす……あねもすぎーぶ？　ってとこにいくって！」

二人が幼女の言葉を繰り返す。

「アネモスギーヴ……って、確か南西にある、エルフの国だったな」

「そこですわ！　聖女さまの行き先は、エルフ国アネモスギーヴ！」

がたんっ！　とフィライトが立ち上がる。

「さっそくエルフ国へと向かいますわよ。ボルス！」

フィライトは全速力で店を出ていく。

支払いを済ませたボルスは、そのあとへと続こうとする。

「白銀の聖女さまを追うなら、伝言をお願いしてもいいかしらん？」

食堂の親父がボルスに言う。

「最近、この町で天導教会の聖騎士たちを多く見かけますわん。つまり……」

「天導のやつらも、白銀の聖女さまを探し始めた……？」

ええ、と食堂の親父がうなずく。

「白銀の聖女さまは、天導所属ではないのでしょう？　なら気をつけた方がいいですわん。目障りに思って、消しに来るかも……と」

天導教会は、その聖なる力を使って金儲けをするような連中である。

無償で人を救うセイとは、正反対の存在だ。

そんな彼らからすれば、無自覚に人を助け、しかも金を受け取らないでいる彼女を疎ましく思うのは至極当然と言える。

「わかった。忠告感謝するぜ」

ボルスはそう言って、フィライトのあとに続くのだった。

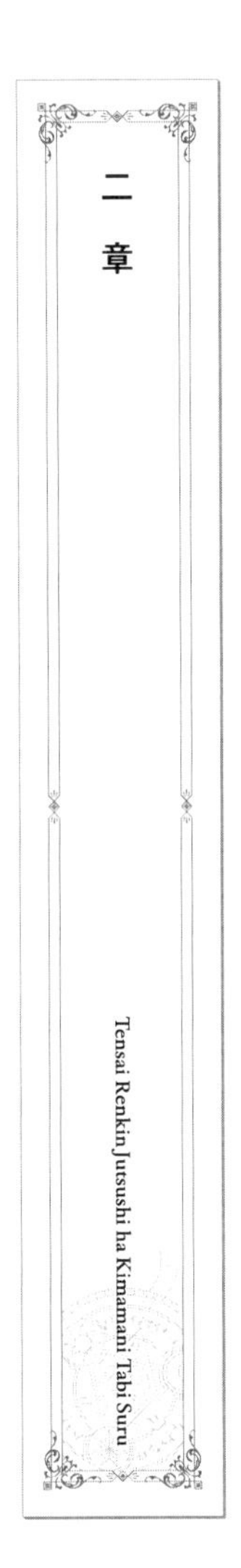

二章

Tensai Renkin Jutsushi ha Kimamani Tabi Suru

馬車、もとい竜車を手に入れた私は、大陸の最果てにやってきていた。

「あついのですぅ～……」

「ぐわ～……」

竜車をとめて一休みしている私たち。

目の前には広々とした荒野が広がっている。

「大丈夫でござるか、ダフネ？」

「うう……あついぃ～……とーかちゃんはどうして平気そうなのです？」

「拙者は暑さに強いのでござる！　火竜人なので！」

幌（ほろ）の中にいてもさすがに暑い。

からからに空気が乾いてて、純粋に暑い。あとのどが渇く。

「はいはい、みんな。これ飲んで～」

私は工房の中から、人数ぶん（＋ちーちゃんのぶん）のポーション瓶を取り出す。

エルフのゼニスちゃんが首をかしげながら言う。

「……セイさま。これはなんでしょう？」

「冷却（クール）ポーション。飲むと涼しくなるの」

奴隷ちゃんたちがポーションをごくりと飲む。

私は一度荷車から降りて、地竜のちーちゃんにポーションを飲ませた。

その瞬間、ちーちゃんの体を空色のオーラが包み込む。

「ぐわ！　ぐわわっ！」

さっきまでぐったりしていたちーちゃんが元気になり、がーがーとうれしそうに鳴いている。

うむ、地竜にもちゃんと効いたようね。

幌付き荷車へと戻る。するとダフネちゃんがぴょんぴょんしていた。

「とても涼しいのです！　快適なのですー！」

両手を上げて飛び跳ねるダフネちゃん。ウサギっぽい動きに癒やされる。いやぁ、いいっすわ。

ゼニスちゃんはポーションの中身を見て分析を試みていた。

「……体を冷気の膜が包み込んでいる。ポーションに含まれる成分が、汗の成分を変性させてるのかしら。いずれにしろ、すごい技術ですね」

「うむ！　やはり主殿はすごいのでござる！！」「なのです！」

「もー大げさねえみんな」

しかしシスターズに褒められるのは心地よい。

未来に来る前は、何をしても否定、だめ出しされてばっかりだったからなぁ。

その点、何をしても肯定してくれるシスターズたち、嫌いじゃないわ。

さておき。

これでこのなーんもない荒野を快適に進めるわね。

「……あの、セイさま。本当に行き先を、エルフ国にしてよいのでしょうか？」

私たちはこの荒野を越えた先にある、エルフの国に向かおうとしていた。

「いいのよ。ゼニスちゃんの家族が、いるかもなんでしょ？」

「……そ、それは。そう、かもですが」

ゼニスちゃんは昔エルフの国のお姫さまだったらしい。

今はクーデターが起きて、国王の首がすげ替わったそうだ。

ゼニスちゃんの家族（王族）は、男は殺され、女子供は奴隷として売り飛ばされたらしい。

「家族がエルフ国にいるとは限らない。でも、手がかりがあるかもしれない。なら行ってみよう。家族に会いたくない？」

この子は出会った当初から、一貫して大人な態度を取っている。けど私には、無理してるように見えるのよね。

だって夜に一度、この子が涙を流してるとこ、見ちゃったからなぁ。

やっぱりさみしいのね。てことで、連れてってあげることにしたの。

「エルフ国がどんなとこかも気になるしさ！　私のわがままなんだ。だからゼニスちゃんは気兼ねせず、私を君の故郷へと連れてってくれればそれでいいの。迷惑なんて思ってないし」

ゼニスちゃんは目を丸くした後、じわ……と涙をためる。

私はハンカチを渡してあげると、彼女は何度も頭を下げながら言う。

「……セイさまの寛大なお心遣い、感謝しております。私のような卑しい奴隷のために、ここまでしてくださるなんて」

「卑しい奴隷とか言わないの。君は仲間なんだから」

私、奴隷とか我慢とか、そういうの大っ嫌いなのよね！

私自身が我慢して我慢して、奴隷のように働かされた、にがーい経験があるからさ。

つい自分に重ねて優しくしちゃう。私のときは誰も助けちゃくれなかったからさ、余計に。

「さて！　気分を切り替えて、これからのお話ししましょうね。ゼニスちゃん、地図を」

ミツケの町で買ってきた周辺国の地図を広げる。

王国西側に広がる、広大な荒れ地を指さす。

「……現在われわれがいるのは、ゲータ・ニィガ王国の西部、スタンピードと呼ばれる領地です。ここを南西に向かって下っていった先に、エルフ国アネモスギーヴがあります」

「随分と広い荒野でござるなぁ。竜車でもかなり時間がかかりそうでござる」

「……その通り。途中で補給していく必要があるけど、この土地は人の住める場所が少ない。野営を何度かしないといけません。ですが、注意が必要です」

はて、と私たちは首をかしげる。

「……この土地には、凶悪なモンスターがかなり生息しています。ここは別名、人外魔境（スタンピード）」

「人外魔境ねえ……物騒な名前」

「……はい。通常のモンスターよりも高ランクのモンスターが出てきます。なのでここを渡る際は、キャラバンに同行するか、強い冒険者を護衛につけるのが常道です」

ふーん、キャラバン、キャラバン、冒険者の護衛かぁ。わー……だるそう。

「却下で」

「……ど、どうしてでしょうか？」

「私、団体行動が苦手なのよねぇ」

「……それだけの理由で」

ゼニスちゃんがあきれたようにつぶやく。私は火竜人のトーカちゃんを見やる。

「ま、大丈夫でしょ。トーカちゃんいるし」

「うむ！　それに主殿もおりますからな！　主殿のポーションがあれば問題ないでござるよ！」

ダフネちゃんもトーカちゃんも、私を信頼してくれてるようだ。うれしい。

ゼニスちゃんは迷ったものの、結局は私の発言を信じてくれるようだ。

「とはいえ、長い危険な旅路になりそう。そこで、私は賢者の塔に寄ろうと思います」

「「「賢者の塔？」」」

まあ聞きなじみのない単語よねぇ。

「……セイさま、なんですか、賢者の塔とは？」

「私の師匠の工房よ。あの人、放浪癖があって、全国のあちこちに自分の工房を作っては、管理せずほっといてるの」

「……なるほど、セイ様のお師匠さまの。しかし立ち寄って何をするのですか？」

「工房を借りて、上級ポーションを作っておこうと思ってね」

下級ポーション（回復や解毒）以上の効果を発揮するものを、上級ポーションという。

こないだ使った転移ポーションとかのことね。

家にあったものはだいぶ劣化してて、だいぶ空きがある。

一度工房に行って、それらを補給しておきたい。

「このスタンピード領に確か、賢者の塔があったはずだわ。そこをまずは目指しましょう」

そういうわけで、私は一度、補給へと向かうことにした。

「さて、しゅっぱーつ。の前に、えいや」

ぱしゃ、と私はちーちゃんに魔除けポーションをかけておく。

ランクの高いモンスターの出るここで、どれだけ魔除けが通じるかはわからないけどね。

「ぐわ、がー！」

ちーちゃんが荒野を進んでいく。

少しすると……。

ぼとぼとぼと！　と上空から何かが落ちてきた。

「なにかしらね、あれ？」

「……モンスターですね。大大鷲（おおおおわし）です。群れで襲ってくる、Bランクのモンスター」

ぼとぼと、と大大鷲の群れが落ちてくる。

「拙者なにもしてないでござるよ？」

「……たぶん、セイさまのポーションの効果でしょう」

「なんと！　Bランクのモンスターを、魔除けのポーションで退けてしまうなんて！　すごいですぞ！」

あんまりモンスターのランクとか言われてもわからないのよねぇ。ま、褒められて悪い気はしないけど。

「……これ、余裕なのでは？」「おねえちゃんすごいのですー！」

ま、何はともあれ出発進行よ。

☆

私たちはエルフ国アネモスギーヴへと向かう前に、師匠の工房へ補給に向かうことにした。

地竜のちーちゃんが、どどど、と荒野を走っている。若干揺れるのは気になるけど、まあ自分の足で歩くよりはね。

幌馬車に乗ってる私。膝の上ではダフネちゃんが眠っている。

「しゅぴ～……おねえちゃん……しゅき～……♡」

ふわふわ髪のうさ耳少女が赤ん坊のように丸くなっている。

耳を触るとその都度ぴくぴく動くのが実に愛らしい。ずっと触りたくなるねえぃ。

隣に座っているゼニスちゃんが私に言う。

「……ところでセイさま、魔除けのポーションの持続時間ってどれくらいなのでしょうか？」

「あー……そういや、測ったことなかったなぁ。ま、効果が切れるまでじゃない？」

「……ア、アバウトですね」

「お風呂入って、体表から流れ落ちると消えるのは確かよ。それ以外は、さぁねえ～……」

効果が発揮できてればいいや、くらいに考えてたので、持続時間って測ったことなかったわ。

毒蛇……ああ、ヒドラっていうんだっけ。

高純度の蛇毒が手に入ったことで、ランクの高い魔除けのポーションが作れたし、まあそこそこ長く魔除け効果が続くんじゃないかなぁって思ってる。

「む！　主殿！　前方に敵影ありでござる！」

御者台に座ってるトーカちゃんが、私に報告してくる。

荷物管理してるゼニスちゃんから、双眼鏡を借りて、幌から顔を出し見やる。

灰色の狼に襲われてる馬車があった。

「馬車が襲われてるわね……こっちに来られても困るし……。トーカちゃん、弓は使える？」

ちーちゃんを譲ってもらったときに、サービスでいくつか武器のお古をもらっていたのだ。

「無論！　拙者武芸全般、得意なので！」

あらやだ頼りになる。槍だけじゃなくて弓も使えるなんて。

竜車の運転をゼニスちゃんと代わってもらい、トーカちゃんには弓を射ってもらう。

「はいこれ使って」

「む？　矢の先に何かついてるでござるよ？」

「うん、魔除けのポーション」

「なるほど！　矢をあそこに向かって射れば、瓶が割れて中の魔除けのポーションが散布されるというわけでござるな！」

そういうことだ。

トーカちゃんは御者台に立って、矢をつがえる。

「ハッ……！」

放った矢は放物線を描いて、正確に、馬車を襲ってる狼たちの群れの中に落ちる。

その瞬間、どさ……！　と一気に狼たちがその場で崩れ落ちた。

人間にとって魔除けのポーションは無害だが、気化したポーションを吸い込んだモンスターたちはたまったもんじゃないもんね。

「ゼニスちゃん、あの馬車に近づけてくんない？　怪我人がいるかもだし」

「……お助けになられるのですか？」

「まーね」

旅人だったらこの辺のことにも詳しいだろうし。

師匠の工房の情報を知ってるかもだから。

とまあ打算ありで助けようと思っていたのだが。

「さっすが主殿は慈悲深いでござるなぁ！」

とまあなぜか感心されてしまった。ま、いいや。訂正めんどいし。

ゼニスちゃんが竜車を、さっきの馬車に近づける。

「大丈夫ですかー？」

「お、おお……あんたらか。さっき助けてくれたのは」

身なりからして、どうやら商人と、護衛の冒険者さんたちのようだ。

「怪我してますね。ポーションはありますか？」

「あいにくと……」

あらら、外出にポーションは必携だと思うんだけどね。

まあミツケの町の市場を見て確信を得たけど、ポーションってほとんど、表のマーケットでは売ってないんだわ。

裏で、しかも質の悪いものしか売ってないときたら、そりゃ買おうって人も少ないだろうね。

「よろしければお分けいたしますが」

「なにっ!?　ほ、ほんとうかい？」

「ええ。みんな、治療よろしく」

「「はいっ……！」」

シスターズにポーションを配らせる。

その間、私はこの商人さんに話を聞く。

「塔？」

「ええ、このあたりにあると思うんですけど」

すると「まさか……」と商人さんはつぶやく。

「悪魔の塔のことかい……？」

「あくまのとう……？　なんですそれ」

「知らないのかい？　この荒野に存在する、おっそろしいダンジョンのことだよ」

ダンジョン……？

「中には見たこともない、鉄でできた魔導人形がいて、侵入者を返り討ちにするんだ」

「あー……」

うん。それは……師匠の工房を守ってるガーディアンよねえ……。

師匠の工房って、結構高価なものが置いてあるから、盗られないようにってことで警備の魔導人形を置いてるのよ。

しかしそれ、もしかしなくても……賢者の塔よねえ。

妙なことになってるな。またまためんどうな。気づいたの私だけっぽいし、黙っとこ。

「その場所ってわかります？」

「わかるが……嬢ちゃん、行くのかい？　やめときな！　何人ものトレジャーハンターが挑もうとして、返り討ちにあったって聞くぜ！」

慌てて止めようとしてくる商人さん。まあ危険な場所に自ら首を突っ込もうとしている人が居たら、止めるのが当然ね。

しかしあんまりここで足止め食いたくないし、ここは……。

「大丈夫です、中には入りません。遠くから見れればそれでいいんで」

「そ、そうかい……まあそれなら」

商人さんは師匠の工房の場所を、地図で示してくれた。どうやらこのあたりを巡回する行商さんらしかったので、地理に詳しいらしい。ラッキ〜。

一方で、冒険者さんたちの治療が完了したらしく、みんな驚いてる。

「す、すげえ！　出血がピタリと止まった！」

「つか傷口がこんなに速く治るなんて、はんぱねえ！」

奴隷ちゃんたちが戻ってくる。よしよし、とみんなの頭をなでてあげた。実にうれしそうにするダフネちゃん、トーカちゃん。

ゼニスちゃんは照れながらも、けれど嫌な顔はまったくしてなかった。きゃわわ。

「それじゃ、我々はこれで」

「あの！　ほ、本当に金はいいのかい？　助けてもらっただけでなく、怪我まで治してもらったのに……」

商人さんが申し訳なさそうにする。んーあんま気にしてもらってもなぁ。

こっちは単に、師匠の工房の場所を知りたかっただけだしね。

「必要ないです。それじゃ……」

私たちは竜車に乗ると、ちーちゃんが走り出す。

ふぅ、ちょっと寄り道になったけど、無事工房の場所も知れたし、ま結果オーライね。

☆

セイたちが師匠の工房を目指す一方、その頃。

荒野の入り口の町、イトイに到着した、Sランク冒険者フィライトと恋人のボルス。

「ここが境界の町イトイか。前は閑散としてたイメージだが、随分と栄えてんなぁ」

ここはゲータ・ニィガ王国の西の果て。つまり辺境の地だ。

あまり人が訪れるとは思えなかった。だが今は商人が行き交い、冒険者たちが歩いている。

町の人たちには笑顔が浮かんでおり、町全体に活気があふれてるように感じた。

「ボルス。白銀の聖女さまは、ここからどうエルフ国アネモスギーヴに向かったと思いますの？」

「こっからだとよぉ、船か陸路だなぁ」

船を使って、この町からまっすぐ南に下りていく方法が一つ。

そして陸路。大陸西側に広がる人外魔境の地を渡る必要がある。

「てなると、船を使ってるだろうなぁ。陸路はあぶねえしよ。聖女さまは奴隷を連れてるとはいえ女だし。わざわざあぶねー橋は渡らねーだろ」

フィライトは恋人の意見が正しいと思えた。

とはいえ、ここで選択をミスるわけにはいかない。彼女の目的は聖女に会うことだからだ。

「いちおう聞き込みしてみましょう。陸路を選んだ可能性がゼロとは言えませんし」

フィライトたちは手分けして、町で目当ての聖女の聞き込みをする。

数時間後。

とある冒険者の一団から、話を聞くことに成功した。

イトイの冒険者ギルドにて。

「なっ⁉　聖女さまと会った⁉　しかも、人外魔境でだとぉ！」

ボルスたちはギルドの酒場で話を聞いていた。

パーティリーダーは神妙な顔つきでうなずく。

「ああ。きれいな髪の聖女さまだろ？　おれらが荒野を護衛依頼中に出会ったぜ」

「信じらんねえ……あの過酷な人外魔境を通ってエルフ国に向かおうとしてんのか……しかし、どうして……？」

危険な陸路より、絶対に航路を選んだ方がいい。

もちろん、海上ルートが絶対安全とは保証できないが。

末端冒険者のボルスですら、人外魔境の地がいかに危険かは知っている。

高ランクのモンスターがはびこるだけじゃない。

水も食料も手に入らない荒れ地が延々と広がっている。日光を遮るものはなく、火の精霊がその地に住んでいる影響もあって、かなり気温が高い。

旅慣れていない人間が入れる場所では決してなかった。

「聖女さまはキャラバンにでも参加してたのかぁ？」

「いいや。竜車に乗っていらっしゃった。お供の女奴隷三人だけを連れてたな」

「なぁっ!?　そ、そんな馬鹿な!?　自殺でもするつもりなのか!?」

魔物はびこる過酷な環境下で、女四人での旅？

どう見ても危険すぎだ。航路を選ばない理由が不明すぎる。

「なんでわざわざ陸路で、そんな少人数で渡るような、馬鹿なまねしてるんだ……？」

今まで黙って聞いていたフィライトが「フッ……」と恋人を馬鹿にするように鼻で笑う。

「やれやれ……どうやらわたくしだけしか、聖女さまの真意に気づけないようですわね」

「あ？　どういうこった、フィライト。真意って」

フィライトはにんまりと笑う。そこには確かな勝者の笑みがあった。

凡人では理解できない崇高なる理念を、信者である自分だけが理解できているという、余裕。

彼女は堂々と、自分だけが気づけたという真意を口にする。

「聖女さまは、巡礼の旅をなさってるのですわ」

「巡礼……？」

「ええ。その過程で、困ってる人々を助けて回っているのです」

なるほど、とリーダーがうなずく。

「確かに、聖女さまは我らをお救いになられた。人外魔境を単身で旅していたのも、巡礼だと思うと合点がゆく」

でしょう、とフィライトが得意顔でうなずく。

「白銀の聖女さまはあえて過酷な道を選んだのです。そこで困っている多くの人たちをお救いになるために……！　ああ！　なんて素晴らしいのでしょう！」

悲しいことに、この予想はまったくの的外れであったのだが……。

ボルスは恋人に言う。

「まあ……それが事実かどうかはおいといてよぉ。これからどーするよ？」

「当然、あとを追いかけますわ！」

「つっても陸路は危険だぜ……？　強い魔物ががんがん出てくるしよぉ」

するとリーダーが「そこは問題ない」という。

「あ？　問題ないってどういうことだよ」

「聖女さまが通った道に、魔除けの加護がなされていたからだ」

「はぁ？　魔除けの加護だぁ？」

「実際に行ってみるのが早いよ」

食料や水などを買い込み、さらにさっきの冒険者たちに同行依頼を出して、フィライトたちは人外魔境の地へとやってきた……。

「んなっ!? なんじゃこりゃ！」

ボルスは目を剝く。

キラキラと光り輝く、一本の道ができていたからだ。

この道から離れた場所に、狼型のモンスターが群れでいた。

だが決して、狼たちはこの光の道に近づこうとしないのだ。

「いったい全体、どーなってやがる……？」

「聖女さまがくださった聖水のおかげです」

「聖水だぁ……？」

リーダーがうなずいて、こないだセイと出会ったときのことを語る。

「聖女さまは我らに、魔除けの力を持つ聖なる水をくださったのです。そしてその効果は町に戻って、宿屋で行水するまでずっと続きました」

ボルスは目を剝いて言う。

「し、しんじられねえ……魔除けのポーションは、確かに市場に出回っちゃいるが、数十分も保たないもんだぜ？ 聖女さまと出会って何日も経ってるのにまだ持続してるなんて……」

恐ろしいことに、聖水を使った彼らが歩いた道もまた、魔除けの力が付与されているのだ。

「素晴らしいですわ！ 聖女さまは、こうして聖なる力を配って、人を通りやすくしてくださってる！ なんと！ なんと！ 素晴らしいことでしょう！」

「ああ、さすが聖女さまだ。庶民であるおれらのために、無償でここまでしてくださるなんて！　本当にできたお方だぜ！」

リーダーもまた、フィライトと同じ、信者側に行ってしまった。

ボルスは二人のテンションについていけない……。

「さぁ！　参りましょう！　聖女さまのところへ！」

フィライトは同志とともに、白銀の聖女であるセイのあとを追うのだった。

☆

私ことセイ・ファートは、気ままに旅をしている。

上級ポーションのストックがなくなってきたので、師匠の工房を訪れることにした。

「さてとうちゃーく」

荒野の中にぽつんと、天を衝くような高さの塔がそびえ立っている。

奴隷ちゃんたちが空を見上げて、ほえー、と感心していた。

「……ここがセイさまのお師匠さまの工房？」

「そう。あの人高いところが好きだからさ。無駄に高い工房を作ってるんだ」

馬鹿となんとやらは紙一重。

馬鹿となんとやらは高いところが好き。

まあつまりまあ、そういうことだ（?）。

「かような高い塔を上るのは苦労しそうでござるなぁ～?」

「なのです～……わわっ」

ラビ族のダフネちゃんが、見上げすぎて後ろにすっころびそうになる。

私は後ろから抱き留めてあげる。

するとすりすり……とダフネちゃんがじゃれてきた。かわよ。

「だいじょーぶ、ポータルが中にあるから」

「ふむ?　ぽーたるとはなんでござるか、主殿?」

「特定の場所に転移する装置ってところよ。師匠とその弟子たちしか動かせない仕組みだけどね～」

私たちは塔の中に入る。

エルフのゼニスちゃんが小首をかしげながら言う。

「……弟子、たち、というのは。ニュアンスからして、セイさま以外にもお弟子さまがいらっしゃるのですか?」

「いるいる。師匠は錬金術だけじゃなくて、いろいろ天才だからさ。弟子が結構いるのよ」

「……なるほど。兄弟弟子がいらっしゃると」

そういや、みんなどうしてるかしら？

まあ五〇〇年経ってるんだから、死んじゃってるのかも。まーそーよねぇ。

でも亜人の弟子も結構いたし、生き残ってるかも？　だとしたら、様子見に行くのもありか。

「ここが塔の中でござるかー」

「わわあ！　すっごいたっかいのですー！」

内部は円筒形のホールが、どーんと上に伸びてる感じ。

螺旋（らせん）階段が設置してあって、侵入者さんはここを上るしかない。

「……この階段、上まで上るのですか？」

「大丈夫。転移ポータルこっちにあるから」

ホール中央の床に一つの魔法陣が敷かれている。

不死鳥と灰。生と死を表すシンボル。

「……セイさま。これは？」

「師匠ニコラス・フラメルのサインよ。これが転移ポータル。この上に本人や弟子が乗って、魔力を込めると、上まで一瞬で飛べる仕組み」

私たちが魔法陣の上に乗り、床に手を置く。

魔力を流し込んだ……そのときだ。

どがぁん！　と上空から巨大な何かが落ちてきたではないか。

「わ、わわわあ！　きょ、巨人なのですー！」

……鉄製の巨大な魔導人形が、塔の上から落ちてきたのだ。

これは、盗難防止用に師匠が作った守護者(ガーディアン)魔導人形だ。

「……転移ポータル壊れてるじゃん！！！」

そりゃ工房も五〇〇年経ってれば劣化して、システムに不具合が出てくるかもだけどさ！

だーれも手入れしてないわけ!?

師匠も、弟子たちも!?

もう！　なにやってるのあいつらー！

「主殿！　みな！　下がってくだされ！　拙者がやりますゆえ！」

守護者が腕を大きく振りかぶり、思い切りトーカちゃんめがけて振り下ろす。

「ぬぅうんん！」

トーカちゃんは長槍を両手でしっかりと持ち、その柄の部分で打撃を受け止める。

ごぅ！　と衝撃波が走る。トーカちゃんが踏ん張って相手のパンチを……耐えようとする。

「ぐ、もた……ぐわぁあああああ！」

吹っ飛ばされたトーカちゃん。けれど空中でひらりと回転し、魔導人形の腕の上に乗っかる。

「トーカちゃん。これ飲んで」

ぽーい、と私はトーカちゃんにポーションを放り投げる。

彼女はそれを受け取ると、躊躇(ちゅうちょ)なく中身を飲み干す。敵の腕の上を軽やかに走っていく。

たん、と飛び上がって、トーカちゃんが魔導人形の顔面めがけて一撃を放つ。

「【竜牙突(りゅうがとつ)】！」

トーカちゃんの鋭い槍の一撃が、魔導人形の上半身をぶっ飛ばした。

衝撃波はそのまま塔の壁をぶち抜いて、やがて突風はやむ。

「トーカちゃんなーいす」

「う、うむ……あ、主殿……今のは？」

「え、ただの【身体強化(エンハンス)ポーション】よ？」

飲むと体細胞を活性化させ、一時的に超人的な身体能力を得るポーションだ。

これも上級ポーションの一つであるので予備はない。

ただ工房に着いたので、最後の一本も使っていいかなって。

「す、すごいのです！　とーかちゃんすごいのですー！」

わあわあ！　とダフネちゃんが両手を上げて、トーカちゃんに抱きつく。

いやいや、とトーカちゃんが首を振る。

「主殿のおかげでござる！　拙者だけの膂力では、あのかったい魔導人形の体を貫けなかったでござるからな！」

「すごいのですー！　おねえちゃーん！」

今度はダフネちゃんが、両手を上げて私に抱きついてきた。かわわ。

よいしょと抱っこして、私はぐるんぐるんとその場で回転。ダフネちゃんは「きゃー♡」と楽しそうにしていた。特に意味はない！

一方でゼニスちゃんがぶっ壊れた魔導人形の破片を手に、首をかしげる。

「……せ、セイさま。この魔導人形の素材って、もしかして神威鉄（オリハルコン）ですか？」

「え、そうだけど？」

「……信じられない」

はて、とトーカちゃんが首をかしげる。

「ゼニス、おりはるこんとはなんでござるか？」

「……この世界で最も固いとされる鉱物ですよ。普通の人間で壊せる物じゃないし、加工するのも一苦労のはず」

「あらそうなの？　それ、師匠に言われて私が作ったのよね」

愕然とするゼニスちゃん。

「え？　私なにか、やっちゃった？」

「……改めて、セイさまのすごさに驚嘆させられました。ポーション技術だけでなく、魔道具作成の技術もあるのですね」

「すっごーい！　すごい、おねえちゃんすごいのですー！」

☆

私たちは師匠の工房を訪れていた。

荒野にそびえ立つ巨大な塔。

その一階には転移ポータルが置いてある。

魔法陣がかすれていて正常に作動していなかった。私は白墨を使って魔法陣を直す。

「これでよし。さっ、みんな乗って乗って～」

奴隷ちゃんたちを魔法陣内に入れる。地面に手を置いて私は魔力を流す。

かっ……！　と赤い光が私たちを包み込むと、周囲の景色が一瞬で変わる。

さっきまで塔の中だったのに、今は塔の屋上にいる。

びょおお……！　と突風が吹いて髪の毛が流れていく。

ゆっくり目を開けると、そこには花畑が広がっていた。

「わぁ……！　きれいなのですー！」

「……すごい。こんな高所に庭園があるなんて」

そこには色とりどりの花が咲き乱れる、見事な庭園が広がっていた。

それを見て、わー美しいー……とは思えなかった。

「あんにゃろ……サボりよって」

「……？　セイさま？」

「なんでもないわ、さ、工房に行きましょ。あそこの小さな小屋が、師匠の工房よ」

庭園の奥にレンガ造りの小屋がある。

私たちが歩み寄っていこうとすると……。

庭の中央に魔法陣が出現し、一人の……メイドさんが現れた。

桃色髪のショートカット。前髪は左目だけを隠してる。

小柄な女だ。

「む？　なんでござるかあれは？」

「魔導人形よ。それも、師匠が自ら作った、超高性能メイド魔導人形のシェルジュよ」

ほんと、見た目は人間なのよねぇ。

ただ側頭部から、竜の角みたいなアンテナが伸びている。

また、人間的な動作がない。呼吸とか、瞬きとか。

「きれいなメイドさんなのです～」

興味を引かれたダフネちゃんが、不用意に近づこうとする。

うぃいん、とメイドが起動するのを、私は確認した。しまった。

「ストップ。ダフネちゃん」

「ほえ？　おねえちゃん……？」

私の顔を見てダフネちゃんが困惑してる。さすがにちょーっとやばいかもしれない。

「後ろに下がるわよ。ゆっくり……」

しかしもうリブートしてやがった！　やっぱり！

メイドがスカートから、二丁の銃を取り出す。機関銃だ。うげ。

「トーカちゃん、私たちを守って！」

「む！　心得たっ！」

トーカちゃんは一瞬で私たちの前にやってくる。

「【竜円閃（りゅうえんせん）】！」

トーカちゃんが槍を高速回転させる。

一方でメイドは二丁の機関銃を構えて、私たちめがけて連射してきた。

どががががっ！　とすさまじい早さで銃弾が撃ち込まれる。

「うひー！」

「……セイさま。あれは、お師匠さまの魔導人形なのですよね？　どうして、弟子であるセイさまに攻撃を？」

ゼニスちゃんからの問いかけに対して、答えは一つ。

「師匠のお世話係だからよ。あの女……師匠以外はどーでもいいって感じなの。たとえ弟子だろうと、侵入者は排除ってね」

会うのが久しぶりだからうっかり忘れてたわ。

しっかしどうするかね……。

まあやるしかないんだろうけど。

「ぐっ！　あ、主殿……！　やつの攻撃を、防ぐだけで精一杯でござる！」

「……あの銃。帝国式の銃よりも連射力に優れています。ただ銃である以上、弾丸には限りがあるはず。なのにつきる様子がない……」

ゼニスちゃんはよく勉強してるな。

銃弾って私がいた頃じゃまだマイナーだったのに五〇〇年後の今じゃ主流なのかしら。

「あの女は構築魔法を使ってくるわ」

「……構築魔法？」

「簡単に言えば、魔力で物質を構築……作る能力ね。魔力がつきない限り銃弾は作られ続ける。そして、あの女の魔力は無尽蔵なの」

「……そんなことって」

「あるのよ。ニコラス・フラメルが作りし、最高級の魔道具。特級魔導人形（アルティメット・ゴーレム）。人型で、人間以上の力を持つやばい代物よ」

第一あんな細い腕で機関銃二本を操るなんてありえないのだ。

作られた人形だからこそ発揮できる芸当。

「ぐぅ……！　押される……！」

トーカちゃんは頑張ってる方だ。

あのメイドロボはかなりやる。普通に古竜とか討伐するしなぁ。

「しゃーないか。トーカちゃん！　ゼニスちゃんたち守ってて。私がやる」

「し、しかし……」

「だいじょーぶ！　マスターを信じなさい」

トーカちゃんは何度も躊躇していた。私を守らなきゃって意識があるのだろう。

けれど、私を信じる気になったのか、うなずく。

私はトーカちゃんの陰から、バッ……！　と横に出る。

正直戦いは苦手だ。てゆーか、運動が苦手なのだ。

私はポーション瓶を、アンダースローでメイドめがけて投げる。

左腕をポーションに向ける。

あんたの癖は、私がよくわかってる。精密自動射撃。それがあんたの強み。

けれど精密で自動ってのが、弱点でもあるのよね。

ぱりん！　と割れたポーション瓶から、白煙が立ち上る。

煙（スモーク）ポーション。化学反応で煙を起こす……ようは煙幕だ。

銃弾がやむ。それはそうだ。あのメイドは敵を認識して攻撃する。

裏を返せば、敵が見えなければ攻撃してこない……。とはいえ。

師匠の作った魔導人形が、この程度の事態を想定していないわけがない。

煙幕で敵が見えないのに、銃弾が再び降ってくる。

「見えてないのに、なぜ我らを狙撃できるのでござるか!?」

「敵の熱を感知してるのよー。そのまま守っててねー」

もう手は打ってあるから。

ぱりん！　とメイドのドたまに、二本目のポーションがぶつかる。

中から白くてドロッとした液体が発生し、シェルジュをべっとりと濡らす。

「接着ポーション。ま、ボンドだね」

白い液体は、物体同士を接着させる効果がある下級ポーションだ。

ゴーレムのパーツを接着ポーションが固定化。やつは指も体も動かせなくなって、棒立ちとなる。

やがて煙が晴れる。

「か、勝ったのでござるか……？」

「す、すごいのです！　おねえちゃん！」

わっ……！　と奴隷ちゃんたちが近づいてくる。

ゼニスちゃんが動けなくなったゴーレムメイドを見つめて言う。

「……あの二本目のポーション、いつの間に投げてたんですか？」

「煙幕張ったときにだよ。あのロボメイド、熱感知モードに切り替わると、生物は捕らえられるけど、非物質は追えなくなるんだよね」

ポーション瓶は体温を持たないため、投げても補捉できない。

あの女が熱感知モードにチェンジしたタイミングを見計らって、二本目を高く、上に投げていたのだ。

「……相手の性能を理解したうえで、最小限の動作で敵を無力化する。お見事でした」

「いやぁ、みんなが協力してくれたおかげだよ。ありがとー」

私は奴隷ちゃんたちを抱きしめる。えへへと笑う彼女たち。かわええわー。

さて……と。

「さ、お説教の時間よ、シェルジュ」

私はポンコツメイドの頭をこつん、と小突き、久方ぶりに会う人物の名前を呼ぶのだった。

☆

師匠の工房にて、師匠のお世話係のメイドロボとの戦いに勝利した。

「まったく、暴れん坊すぎるでしょこのメイド……」

「……セイさま。この魔導人形どうします？　このまま放置ですか？」

エルフ奴隷のゼニスちゃんが私に問うてくる。

「いや、とりあえず……直すかな。このポンコツ、ちょっと不具合出てるっぽいし」

私はしゃがみ込んで、メイドロボ……シェルジュのスカートをめくる。

「あ、主殿!?」「わわっ！　だ、だふね何も見てないのです！」「……セイさまは、そっちの気があるのですか？」

奴隷ちゃんたちが顔を赤らめてる。

「ああ違う違う。緊急停止ボタンがここにあるのよ」

下腹部に、転移ポータルと同じ模様があった。

私はそこに手を触れて魔力を流す。

すると暴走モードだったシェルジュから、かくん……と力が抜ける。

動きが止まったのを確認してから、接着剤をポーションで溶かす。

「トーカちゃん、このポンコツ運んであげて」

「しょ……承知した！」

ちょっと顔を赤くしながら、トーカちゃんがシェルジュをおんぶする。

みんなも顔が赤い。なんだろ？

「どーしたの？　風邪？　お薬飲んどく？」

「……ち、違います。その……ちょっと子供には刺激が強くて……」

「？　まあいいわ。工房へ行きましょ」

私たちは庭園を抜けて、小さなレンガ造りの小屋へとやってきた。

ゼニスちゃんは首をかしげる。

「……偉大な錬金術師の工房の割に、かなりその、こぢんまりしてますね」

「見た目はね」

私が扉に手をかける。私の魔力に反応して、足下に魔法陣が出現。

ふぉん……！　という音を立てて私たちは工房の中へと転移。

「おおー！　す、すごい！」「わぁ！　お城の中みたいなのですー！」

さっきの小さな小屋からは想像できないくらい、中は広かった。

立派な赤い絨毯(じゅうたん)が敷いてあって、天井にはシャンデリア。二階まで吹き抜けのホールが私たちの前に広がっている。

ダフネちゃんが城の中って評したのは言い得て妙ね。

「トーカちゃんはついてきて。そのポンコツを工房に運ぶから。ダフネちゃんたちは適当に、部屋の中で休んでてて」

「だふねもついていくですー！」「……私も、興味あります」

物好きねえ。

「ま、いいけど。ついてらっしゃい」

私たちは二階へと上っていく。

正面に趣味の悪い、大きな絵画が飾ってある。

「……この美しい女性は、誰ですか？」

七色の髪の毛を持ち、七色のドレスを身に纏った、ゴージャスな女の姿が描かれてる。

「師匠よ」

「……に、ニコラス・フラメルさまは、女性なのですか？」

「今はわからないわ」

「？？？？？？？」

「あの人、性別も見た目も、コロコロ変わってるからね」

「？？？？？？？」

「ま、深く考えちゃだめよ」

私が絵画の前に立つと、一瞬で扉に変わる。隠し扉なのだ。

別に敵なんて入ってこないってのに……やたらとこの手のトラップを仕掛けたがるのよねぇ

あの人。

中には、それは見事な錬金術師の工房が展開してる。

抽出器などの作業道具、珍しい素材の数々。

「トーカちゃん、そのメイドをテーブルの上に乗っけて」

シェルジュを仰向けに寝かせる。

私は彼女のスカートをめくって、そこに再び手を置く。

すると目が開いて、空中に透明な板を出現させた。

「……セイさま、これは？」

「術式……あー……。このポンコツを動かしてる、脳みその中身ね」

魔法文字が、木の根っこのように、複雑な模様とか数式を描いている。

魔導人形を動かすためには、この術式が正常に動くように整えておく必要がある。

不具合を生じさせている箇所に、私は指をつきたてる。

指先に魔力を込めて、いくつかエラーを直した。

「これでよし。あとは燃料ね」

私はまたメイドの下腹部に触れて、魔力を流す。

「…………」

シェルジュがゆっくりと体を起こす。

「久しぶりね、シェルジュ。五〇〇年ぶり？」

といっても眠っていた私にとっては、そんなに長い時間が経ったようには思えない。

感覚としては、まあ、遠くに引っ越した友達と会うくらいの感覚かしらね。

さて一方でこのロボメイドはというと……。

「おはようございます、セイ・ファートさま。正確には、五〇〇年と二六五日一四時間五三分二六秒ぶりです。以上」

「ああ、そう……」

壊れてるわけじゃない。これが素なのだ。どうにもちょっとねちっこいとこがあるのよねこいつ。少しだけ苦手。嫌いじゃあないけどさ。

シェルジュがテーブルから降りる。

「改めて紹介するわ。この子はシェルジュ。師匠のお世話係のメイド魔導人形よ」

スカートを摘まんで、ぺこっと会釈する。

奴隷ちゃんたちも挨拶を返す。

「トーカでござる！」

「だふねは、だふねなのです！」

「……ゼニスです。しかし、すごい。本当に人間みたいですね」

ゼニスちゃんがしげしげと、シェルジュを見つめる。

「まー見た目はね。でも食事も睡眠も必要ないし、そこは魔導人形ね。まあ融通利かない部分があるけど」

命令通り動くってことは、命令がないとそれ以外なにもできないからね。

「シェルジュ。師匠はあんたになんて命令したの？」

「ここを守れ。以上」

アバウト〜……。そんなアバウトな命令をずっと律儀に守ってるなんて。

「師匠ってどんくらいここに来てないの？　年計算で」

「五〇二年です」

即答だった。人間だったら、そこに少しの思いがこもっていただろう。

でもこいつはロボだ。わかっている、人の心はない……でもなぁ。

「大変だったのね……」

どうにもただの物ってふうには、見れないのよね。

一緒に住んでいた時期もあったし。それなりに愛着もまあ、なくはない。

てゆーか、五〇二年って。あの馬鹿師匠。放置プレイがすぎるでしょ……まったく。誰もメンテしないんじゃ、壊れてもしょうがないわね。

ま、直ったしいいか。

「さて……と。これからのお話ししましょうか。みんなちゅーもーく」

シェルジュがぼーっと私の隣に立ってる。

奴隷ちゃんたちがこっちを見てくる。

「とりあえず私は、今から何日か引きこもって、上級のポーションを作るわ。その間、みんなはどうする？　好きにしていいわよ」

まず、トーカちゃんが手を上げる。

「拙者はもっと強くなりたいでござる！　シェルジュ殿にも、ガーディアン殿にも負けてしまった……だから！　もっともっと強くなって、皆を守れるくらいに強くなりたいのでござる！」

なるほど、トーカちゃんは戦う力を鍛えたいと。

「……セイさま。ここに魔導書はありますか？」

「あるある。腐るほど」

「……でしたら、魔法の訓練を。私も何かあったときに、セイさまやみんなを守れるくらいに、力が欲しいです」

ゼニスちゃんは魔法を鍛えたいと。

「だふねは、ちーちゃんのお世話するです！　あとあと、みんなのごはん作るです！」

ダフネちゃんは家事と。

「うん。オッケー。じゃ、三人とも、これつけて」

工房にあった魔道具を、私はシスターズに配る。

イヤリングみたいな、魔道具だ。それぞれデザインが異なる。

「……セイさま、これは？」

「五感共有イヤリング。つけてると、あなたたちの五感と私の五感をリンクさせられるの」

「……？　それは、すごい。でも、これをどうして？」

「え？　修業の監督をするからよ？」

はて、とトーカちゃんたちが首をかしげる。

「主殿はこれから、ポーションを作るのでは？」

「うん。だから、ポーションを作りながら、トーカちゃんの戦闘修業、ゼニスちゃんの魔法修業、ダフネちゃんにはこの屋敷(やしき)の案内を……同時にするんだけど」

困惑する奴隷ちゃんたち。

「あれ？　シェルジュ、私何かおかしなこと言った？」

「はい。四つのことを同時に行おうとしてるので、戸惑ってる様子です。以上」

「あ、大丈夫大丈夫。私物事を並行して考えるの得意だから」

え、コミック読みながらご飯食べながら、タブレットとかっていじったりしない？

四つくらいの作業なら、同時にこなせない？

「すごいでござる、さすが主殿！」

「おねえちゃんすっごーいのです！」

「……セイさまの頭脳は、我々常人とはかけ離れているのですね。さすがです」

あ、あれぇ？　そんなすごいことだったのこれ？

☆

師匠の工房にて、シスターズはおのおのの時間を過ごしている。

私は上級ポーション作りに没頭していた。

「いかん……集中力が切れてきた……」

根を詰めすぎるのもよくないな。休憩を取ろうとしたところ……。

「セイさま」

「シェルジュ……」

振り返ると、そこにはロボメイドのシェルジュがたたずんでいた。

その手の前にはお盆。お茶のポットと、そしてお皿にはクッキー。

「あんたが？」

「はい」

「なんで？」

「セイさまがそろそろ集中力が切れる頃合いかと」

昔一緒に住んでいた時期があったからか、私の癖みたいなのを、ラーニングしていたらしい。

学習。そこはまあ、ロボねえ……。

でも集中力が切れた、だから、お茶菓子を用意する。そこには人の心のようなものがあった。

疲れてる人をねぎらう、心。

「あんがと。あんたも、一緒に食べましょ」

「……？　ワタシは経口による栄養摂取は不要ですが？」

「いいから、座れ」

シエルジュがこくんとうなずいて座る。

クッキーを一枚手に取って食べる。美味い。

「いかがでしょう？」

……味を聞いてくる姿も、やっぱり人間っぽいのよね。

ロボだけど。そう……ロボ、なんだけどねえ。

「そこそこ」

「そうですか」

こいつがちょっと落胆してるように見えるのは、私の勝手な想像？

……うん。違うわ。

この子には、ロボだけど心的なものがあると私は思うのよね。

だからこそ……。

「五〇〇年……ね」

長い間放置させられてきたシェルジュに、私は同情していた。

補給を終えたら私はまた旅に出る。

そうしたら、この子はどうなる？　ここに、一人で残る？

また、気が遠くなるような時間を、一人で……。

「……ただの物に、そこまで入れ込むなんて。研究者失格ね私は」

シェルジュが不思議そうに首をかしげていた。私は、一つの決心がついていた。

「なんでもない。お茶とクッキーごちそうさま」

私はまた、作業に戻る。さっきよりも進みは早かった。懸案事項が片付いたからだろう。

☆

それから一〇日後。

「よっし！　準備完了！　おつかれーみんな」

「おつかれさまなのです！」

「「…………」」

元気なのはラビ族のダフネちゃんだけで、火竜人のトーカちゃん、エルフのゼニスちゃんはぐったりしていた。

「どうしたの？」

「しゅ、修業がハードだったもので……ござる」

「……同じく」

ダフネちゃんが首をかしげる。

「おねえちゃん。ふたりとも……しゅぎょーって、どんなことしてたの？」

ダフネちゃんは戦闘能力も魔法能力もなかったので、修業はさせていない。

「トーカちゃんは、シェルジュ相手に組み手させてたわ」

私が上級ポーションを完成させてる間、まずトーカちゃんは戦い方を学んでいた。

シェルジュとの実戦訓練を繰り返す日々。倒れたら、私特製の回復ポーション摂取の繰り返し。

「実戦経験を積ませたかったのよねー。あと筋繊維を超回復することで、筋力もついたでしょ？」

「う、うむ……前よりタフになったでござるが……その……主殿がスパルタで……」

「スパルタ？　師匠はもっとひどかったわよ。魔物の森にぽーいって私を一人置いてって、サバイバルさせるんだから」

「うぇ!?　そ、それで生きていけるのですか!?」

「うん。何度も死にかけたけど、おかげで体力とかついたし。あれと比べたらぬるいでしょ？」

「………………」

次にゼニスちゃん。

「ゼニスちゃんの修業は、魔力の増強。センスはいいから魔力量を増やそうってことでね。魔法を撃って、魔力が空になったら、魔力ポーションを飲ませるの。そうすると魔力量が増えるのよね」

私もやったわー。魔力がなくなるまでポーション作って、ぶっ倒れたらそのポーション飲んで魔力回復させて……と。

「……飲みすぎて、うぷ……胃が……」

「でも魔力は増えたでしょ？」

「……はい」

私が師匠から受けた修業よりは、遥かに優しい修業を奴隷ちゃんたちにさせたのである。

師匠みたいにヒトデナシじゃないから私。いきなりやばい修業なんてさせないわよぅ。

「あ、あのぉう……ちなみに拙者たちが途中でもし死んでしまったら……？」

「え、大丈夫よ。そしたら回復ポーション飲ませて、すぐに復活させてあげたから！」

「「……ふ、復活？」」

はて？　と二人が首をかしげてる。

んん〜？　あれ、もしかして知らないのかしら。

「死後三秒以内なら、回復ポーションを飲ませることで、ノーリスクで復活させられるのよ？

これぞ三秒ルール！」

「………………」

あ、あれ？　受けが悪いぞ。

ここ笑いどこだったんだけど。笑ってくれていない……。

そんなにギャグが寒かったのなら……な、流そう。

「ま、まあ三秒過ぎても、半日くらいだったら上級ポーションの蘇生ポーション使えば生き返れたし……って、どうしたの？」

ゼニスちゃんトーカちゃんは、口を大きく開いて、目を剝いている。

二人ともどうしたのかしら。難しいことすぎて頭がついてこれないのかしらね。

「……ゼニス。主殿はひょっとして、ただ才能があっただけでなく、とてつもない過酷な修業を経て、今に至ったのでござろうか？」

「……そうね。あの口ぶりからして、おそらく幼い頃にとても苦労なさったのでしょう」

「……下積み時代から苦労してて、宮廷で働いてるときも上司からのパワハラでご苦労を……くぅ！」

「……セイさまはつらい過去がおありなのに、我々にも優しくしてくれる、とても素晴らしいお方だわ。あのお方にふさわしい奴隷となれるよう、より一層努力しましょう」

「……おうともっ！」

トーカちゃんたちがこそこそと何か話してる。

仲がいいことはなによりだ。

「さて、修業も終わったし、上級ポーションの補充も完了！　さっそくしゅっぱーつ！」

「「おー！」」

私、奴隷ちゃんたち、そして地竜のちーちゃんは、転移ポータルの上に立つ。

シェルジュだけがポツンと立っていた。……やっぱり自分で判断は無理、か。

当初の予定通り、私はシェルジュに問いかける
「で？　あんたどうするの？」

「…………」

シェルジュは答えない。その鉄の体と心は、師匠に作られたもの。

ここを守れ。ざっくりしすぎた師匠からの命令（オーダー）。

この律儀な少女は、五〇〇年もの間一人で、あのお馬鹿な師匠の命令を守っていたのだ。

「おねえちゃーん……」

ダフネちゃんは私を、懇願するように見上げてくる。

そーいや、ダフネちゃんはよく、シェルジュと一緒にいたっけ。

情が移ったんだろうなぁ。……ま、私もなんだけどさ。

「シェルジュ。命令よ。私についてきなさい」

シェルジュが少しだけ、目を剥いた。

ほらね、ロボだけど、完全なロボじゃあないのよ、こいつ。

だからまあ、ほっとけないのよ。

「……不可能です。この場の守護をせよと、創造主からの命令が刻まれています。以上」

「あら、そ。じゃ第二案ね」

ぱちんっ、と私が指を鳴らす。師匠の工房から、一人の魔導人形が現れた。

「！　しぇ、シェルジュどのが……もう一人!?」

「シェルジュ・マークⅡよ。私が作ったの」

オリジナルのシェルジュは、前髪で左目を隠していた。

けれどマークⅡは、右目を隠している。それ以外は全部一緒だ。

「……すごい。特級魔導人形です。上級ポーションを作っていたのではなかったのですか？」

「その空いた時間に、ちゃちゃーっとね」

「……精巧な魔導人形を、片手間で作ってしまわれるなんて……セイさまはすごいです！」

オリジナル・シェルジュと違って、マークⅡには生気が感じられない。それもそうだ。まだこの子の中には、なにもないのだ。

「シェルジュ。このマークⅡとあんたの意識をリンクさせる。そうすれば、あんたはここを守りつつ、私たちについてこれる」

「……なるほど。命令はオリジナルのシェルジュさんの術式に刻まれてる。けれどマークⅡのボディにはそれがない」

術式を修復はできても、書き換えは、作った本人しか行えない。

ならば、まっさらな、新しいボディを作る。

「また一人で五〇〇年過ごすの、嫌でしょ？　ならついてきなさい。荷物持ちが欲しかったのよ、ちょうど」

シェルジュにはストレージという機能がついてる。

たくさんの物を、ため込んでおける機能だ。

このシェルジュ・マークⅡにも搭載されている。

「……マークⅡボディさえあれば、ストレージ機能は使えるのでは？　以上」

「まーね。でも欲しいときに、欲しいものを取り出すのに苦労するじゃない。ストレージはあくまでもため込んどくだけだし。管理者は必要でしょ？」

私はシェルジュに手を伸ばす。

メイドロボは少しの逡巡（しゅんじゅん）の後、私の手を取る。

「よし、じゃあパパッとリンクするから。ええと、術式を展開してっと」

意識の同期自体はそんなに時間はかからなかった。

ややあって。

「よし、荷物持ち&雑用ロボット、ゲットだぜ！　あのバカ師匠から女をNTRってやったわ！」

「直接的、かつ下品な言い回しかと思います。あと私は寝取られてません。以上」

「固いわねぇあんた」

「魔導人形ですから。以上」

ま、何はともあれだ。

こうして私は、ストレージ機能付きの雑用ロボットメイドを、仲間に加えたのだった。

「改めて、しゅっぱーつ！」

☆

セイが前を歩く一方で、メイドのシェルジュは自分の胸に手を置いた。

「…………」

心臓が、高鳴ってる気がする。しかしおかしい。この作られた体には心臓なんて臓器は搭載されていなかったはず。

けれど体がぽかぽかする。なんだか、お湯につかっているような感覚にとらわれる。

「あのあの、メイドのおねえさん」

シェルジュが声のする方を見ると、シスターズのダフネが笑顔を向けてくる。

「大好きなおねえちゃんと、旅ができて、うれしーのですね！」

「…………」

好き？　何を言ってるのだろうか、この少女は。自分はゴーレムだ。

作られしこの体に、感情は備わっていない。

うれしいと言われても、的外れだ。

しかしなぜだろう。

ダフネにそう問いかけられ、小さくうなずいた自分がいて、驚くシェルジュ。

「なかよくしましょー！　だふねも、おねーちゃんだいすきなのです……ふぎゅ」

シェルジュがダフネの口を軽く摘まむ。ダフネは目を白黒させていた。

なぜ止めたのか。すぐにわかった。……恥ずかしかったのだ。

好きな人に、好意を抱いていることを、知られるのが。

しー、とシェルジュは自分の口の前に指を立てる。ダフネはそれだけで言いたいことを理解したのか、こくこくとうなずいた。

「なにじゃれてるのよ、あんたたち？」

セイが振り返ってあきれたようにため息をつく。……自分を待ってくれる人がいる。ついてこいと、手を差し伸べてくれた人がいる。

「…………」

ふいに、シュルジュはありし日のことを思い出す。師匠であるニコラス・フラメルが自分を置いていなくなってしまった日。

シェルジュは創造主たるフラメルの命令に従い、ここを一人でずっと守り続けた。

何年も、何十年も、何百年も一人だった。

……たまに、瞳から涙がこぼれ落ちるときがあった。自分は人造生命なので、人間みたいに泣くことはない。

だから、瞳からこぼれ落ちたこの液体はエラーなのだと、そう思った。でも違ったのだ。

ダフネに指摘されてわかった。自分にも、人のような心があるんだと。

フラメルに置いてかれてさみしかった。そして……セイに誘われて、本当に、本当に、うれしかったのだ。

「なんでもございません」

ただ、それを口にするのははばかられた。恥ずかしかったからだ。

そんな人間らしい感情、昔はデータのバグだと一蹴していた。でも自分にも人間らしさがあるのだと気づいてからは、これはエラーではなく、人間の感情という素晴らしい代物だと理解した。

そう、シェルジュは確かにゴーレムだが、しかし人間の心を持つ。

それに気づくことができたのは、セイが、旅に誘ってくれたおかげだし、セイの存在があったからだ。

「セイさま」

「なに？」

ふっ、と笑ってみせた。人間の少女みたいに。セイもまた目を丸くしてる。

「呼んだだけです」

「あ、そ、そう……あんたも笑うのね」

「相手にもよりますけどね」

「なんだそりゃ」

セイが前に進んでいく。シェルジュはその後ろからついていく。地獄から、抜け出させてくれた創造主に感謝しながら。

☆

新しい仲間、メイドロボのシェルジュを仲間に加えて、私たちの旅は再開した。

目的地は、エルフの国アネモスギーヴ。

奴隷のゼニスちゃんの故郷だ。

国が今どうなってるのかを確かめるため、そして、散り散りになった家族を探すため。

地竜のちーちゃんに荷車を引っ張ってもらう。

御者台にはシェルジュが座って、ちーちゃんの手綱を握っていた。

シェルジュは魔導人形なので、冷却ポーションもいらないし、寝ずに仕事することができる。

まあもっとも、荷車を引っ張るちーちゃんは生き物なので休みは取るんだけどねー。

とはいえ、御者が増えてくれてよかった。これで奴隷ちゃんたちの負担も減らせるしね。

「マスター」

「……？」

「マスター。セイ・ファートさま」

「お、おう……私のことか。なによシェルジュ、急にマスターなんて言って」

作ったのは私の師匠ニコラス・フラメルだろうに。

「このマークⅡボディは、セイ・ファートさまがお作りになられました。なので現在のマスターはセイさまとなります。ゆえにマスターと呼称したまでです。以上」

「ああそう。好きにしたら。んで、なぁに？」

「敵です」

馬車が止まる。幌を避けて外を見ると、確かに黒い犬の群れがこちらにやってくる。

ひょこっ、とゼニスちゃんが顔を出す。

「……黒犬です。Aランクのモンスター。群れで行動し、その牙には毒が含まれてます」

「さすがゼニスちゃん、物知り～。さて……」

荷車から、トーカちゃんが降り立つ。

その顔はいつもより自信に満ちあふれていた。修業の成果をためしたいのか、トカゲのしっぽがびったびったんと椅子を叩く。かわよ。

「拙者の出番でござるな！　シェルジュ殿は皆を守ってくだされ！」

「受諾は拒否されました。以上」

「なんと!?　どうしてでござるか！」

「私への命令権限はマスターにしか付与されておりません。以上」

トーカちゃんが半泣きだった。

そりゃそうだ。任せるぜ、って仲間に言ったら拒まれたんだもんな。

ええい、頭の固いロボメイドめ。

「トーカちゃん、黒犬を倒して。シェルジュは近づいてきた黒犬を迎撃して、私たちを守って」

「YES、マイロード」

トーカちゃんが武器を抜いて、その場に構える。

槍を構えて、そして高速で突っ込んでいく。

「爆砕槍（ばくさいそう）！」

槍が炎を纏って、黒犬にぶつかる。

ドガァアアアアアアアアアン！

黒犬は木っ端みじんとなった。

「すごいのです！　一撃なのです！　トーカちゃんすごいのですー！」

「……あれは魔道具ですか、セイさま？」

私はゼニスちゃんに説明する。

「魔道具とはちょっと違うかな。あれは魔力がないと動かないし。トーカちゃんは魔力をほとんど持ってない」

「……では、魔道具ではないと」

「そ。あれは槍の表面に、私が作った特殊な火薬が塗られてるの。一定以上の早さで突きを放つと、摩擦熱で爆発を起こす仕組み」

トーカちゃんが槍をぶん回すたびに、ぼがーん、どごーんと爆発が起きる。

「……すごい。魔力を必要としない、新たなる魔道具を作るなんて。さすがセイさまです」

トーカちゃんパワーで、みるみるうちに黒犬たちの数が減っていく。

敵の攻撃を見切り、回避して、急所に槍を突き刺す。

実に流麗な槍捌き(やりさば)きだ。

シェルジュとの戦闘訓練のおかげで、動きに無駄がなくなった気がするわ。

「……Aランクモンスターの群れを一人で相手取るなんて。セイさまの訓練のたまものですね」

「いやいや。元々あの子は、あれだけやるポテンシャルを持ってたのよ。私はただ助言しただけ。すごいのはトーカちゃんだから」

しかしなかなか、黒犬が諦めてくれないわね。

「ダフネちゃん、敵のボスってわかる？」

「はいなのですっ！」

ラビ族のダフネちゃんが耳を立てる。

ぴくぴく、と耳を動かして、周囲を探る。

「ばばう！」「ぎゃうぎゃう！」「がぅううう！」「ぐぎゃぎゃう！」

ダフネちゃんはビシッ、と一匹の黒犬を指さす。

「あいつなのです！　他の犬にめーれー出してたのです！」

ダフネちゃんは、両耳に耳飾りをつけている。

これは私が開発した魔道具。

音をより効率よく、聞き分けることを可能とする。

ダフネちゃんは耳がいい。が、よすぎるせいで、生活してると出るわずかな布のこすれる音すらも聞き取ってしまう。

だから無意識に、ダフネちゃんの体は音量を調整していた。自らの体を守るために。

そう、本来の聴力のよさを、ダフネちゃんは発揮できないでいたのだ。

そこで私の渡したイヤリングの出番である。

魔力を込めると発動する。

オンオフが可能で、オフにすれば生活雑音をすべてカットし、私たち人間と同じレベルにまで聴覚レベルを下げられる。

オンにすれば、この雑音の中から聞きたい音だけを、正確に聞き取ることができるのだ。

「このイヤリングやっぱりすごいのですー！　ずっとずっと楽に生活できるのですー！　おねえちゃんすごーい！」

これもまた、すごいのはダフネちゃんだ。

この魔道具は別に聴覚を倍増させるんじゃない。本来の耳のよさを際立たせるだけ。

あくまでも、補助道具でしかないのよね。

「じゃ、ゼニスちゃん。あとやっちゃってー」

「……はい。風刃（ふうじん）！」

ゼニスちゃんが両手を伸ばし、魔法を発動。

詠唱もなく、風の刃が高速飛翔（ひしょう）して、リーダーである黒犬をズタズタに引き裂いた。

リーダーを失った黒犬たちは、撤退していく。

「お疲れー。いい感じじゃん、無詠唱魔法」

これも私が教えてあげた技術だ。

魔法を詠唱せずに使う方法。

私の師匠、ニコラス・フラメルは錬金術師のくせに、魔法の腕も一級品だった。

その技をなぜか、魔法使いじゃない、錬金術師の私にも叩き込んできたのよね、あの師匠。

「……すごいです。魔法を詠唱せず使うなんて、聞いたことないです」

「あれ、そうなの？」

「……はい。詠唱するのが当たり前ですから、この世界では」

ふぅん、そうなんだ。まあ詠唱しない方がゼロタイムで魔法が使えるし、実戦向きだと思うんだけどね。

なんでみんな使わないのかしら？　ま、どうでもいいけど。

「おお！　拙者たち……強くなってるでござるなー！」

「なのですなのです！　おねえちゃんのおかげなのですー！」

「……セイさまのおかげで、我々も強くなれました。ありがとうございます」

奴隷ちゃんたちが私に感謝してくる。

「いやいや、みんな元々これくらいできる力あったんだって。私は背中を押しただけ。頑張ったのは君らだから」

と、そのときだった。

ずもも……と砂の地面が盛り上がって、新しい敵が現れる。

「うわー、でっかいミミズねぇ」

「……さ、砂蟲(サンドワーム)!?　SSランクのモンスターが、どうしてここに!?」

ゼニスちゃんが驚いている。

どうしても何も、この辺が根城だったのだろう。

というか、あの黒犬の群れも、こいつから逃げてきたのかな。

「さ、さすがの拙者も……この巨大な化け物は……」

「……わ、私も……自信ありません」

あらま、二人ともだめかー。

「じゃ、私の番かなー。シェルジュ。シェルジュ。ナンバー11」

シェルジュはメイド服を着ている。

エプロンの前ポケットに手を突っ込んで、そこからポーションを取り出す。

あのメイドロボには、ストレージという機能がある。

ポケットの中には異空間が広がっていて、たくさんのものが詰めてあるのである。

「……上級ポーション。爆裂ポーションです。以上」

「はいじゃー、投擲してちょーだい」

シェルジュは大きく足を振り上げる。

スカートが完全にめくれて、ドロワーズが見えてる。

ま、でもロボだしね。見られてもOKでしょ。

人間とは思えない豪腕で、上級ポーションの瓶を投擲。

瓶は正確に、砂蟲の頭部に開いた、巨大な口の中に入る。

チュッドォオオオオオオオオオオオオオオオオオオオン!

内側から、大爆発を起こす。

細胞のひとかけらも残さない、すさまじい火力を発揮していた。

爆裂ポーション。酸素に触れると同時に化学反応が起きて、すさまじい爆発を起こす、上級ポーションだ。

「うむ、いい感じね」

上級ポーションの威力のテストもできたし、よしとしよう。

「って、どうしたのみんな？」

奴隷ちゃんたちがぽかーんとしてる。

やがてパチパチと拍手する。

「さすがでござるな！　主殿！」

「すっごーい！　どっかーんて！」

「……多少強くなろうとも、私たちでは、足下にも及ばない。さすがセイさまのポーションです」

奴隷ちゃんたちが私を褒めてる。

「いや敵を払ったの君たちだから、もっと誇っていいのよ」

「全部美味しいところを持っていっておいて、その口ぶりだと嫌みに聞こえます。以上」

ええ、うっそーん。

☆

セイたちがパワーアップして、エルフ国アネモスギーヴへ出発した一方、その頃。

聖女を追いかけるSランク冒険者フィライト、およびその恋人のボルスはというと……。

「ぜえ……！　はあ……！」

「な、なんて過酷な道程なんだ……！」

フィライトたちは大汗を掻きながら、少しずつ荒野を進んでいく。

冒険者数名と臨時パーティを組んで、この人外魔境の地を進んでいる最中だ。

セイたちの通ったあとには、魔除けの効果で、モンスターたちが寄りつかない。

とはいえ、それはあくまでランクの低いモンスターに限った話（とはいってもBランク以下なのだが）。

Aランク以上のモンスターが、ここいらではうじゃうじゃと出現する。

敵とエンカウントするたび戦闘になる。また、太陽を遮るもののないこの荒野では、殺人的な日差しが彼らから水分と体力を奪っていく。

定期的な休憩を挟まないと、とてもじゃないが、進んでいけない。

聖女に追いつきたいという、強い気持ちのあるフィライトですら、一時間もしないうちにダウンしてしまうほどだ。

「な、なめてたぜぇ……こんなにも、きちぃとはよぉ〜……」

聖女の通った道の上に、馬車を停止させて、彼らは休息を取る。

「とはいえ、以前よりは格段に楽になりましたよ。やはり聖女さまの、聖なる魔除けのおかげでございますな」

セイに助けられたことのある、パーティのリーダーがそう言う。

彼女が偶然渡した魔除けのポーションの効果は、彼ら、そして聖女が歩いたあとに、魔除けの力を付与する。

そうして聖女が歩いたあとには雑魚魔物が一切よりつかない、聖なる道となった。

「この……ぜえぜえ……道を、聖女街道と名付けるのは……どうですの？」

疲れ切ってるというのに、フィライトはしたり顔でそんなことを言う。

リーダーたちはみな笑顔で賛同していた。

完全に信者だ……とボルスは若干引いていた。

「この魔除けのおかげでよぉ、行き先ははっきりしてるがよ。しかしなっかなか進まねえなぁ」

魔物が避ける道を進んでいけば、いずれセイたちのいる場所にたどり着けるはず。

とはいえ、道中の魔物との戦い、そして灼熱の太陽が、彼らの進みを鈍くしてる。

「もどかしいですわ……」

と、そのときだった。

「や、やべえ！　大変だ！　魔物の群れだ！　黒犬の！」

「「なっ……!?」」

彼らの顔から血の気が引く。

黒犬。それはAランクの凶悪なモンスターだ。

ベテラン冒険者パーティでも、一体倒すので精一杯。

そんなやつらが群れをなしているだなんて……。

普段の彼らが、いつも通りの力を発揮できれば倒せる相手。

だが今は全員が疲弊している。このタイミングでの黒犬。しかも、大群。勝てるはずがなかった。

「戦いますわよ、みなさん……」

絶望に沈む中、フィライトだけが武器を手に取って立ち上がる。

「何もしなければ、モンスターの餌になります。我らが食われれば、他の力なきものたちの命も失われてしまいます。立ちましょう！」

「ああ！」「そうだな！」「やるぜ……やったるぜぇ！」

フィライトの言葉には力がある。彼女が持つカリスマ性ゆえにだろう。

その美貌に、凜（りん）としたたたずまいは、彼らに力と勇気を与える。

今は聖女の信者みたいになってるが、フィライトは世界最高峰の冒険者の一人なのだ。

しかし黒犬たちは、彼らの間を抜けていった。

「おれたちを……避けた？」

「そんな、ありえませんわ。モンスターが人間を避けるなんて。魔除けの力……？　いや、そんな感じじゃない……どうして……」

と、そのときだった。

ずもぉお……！　と荒野の地面が盛り上がり、そこには……。

おぞましい化け物が出現した。

見上げるほどの巨大なミミズだ。

頭部には鋭い牙がびっしりと生えており、そのよだれは地面をじゅうじゅうと焼いている。

体表は固そうな瓦のような鎧（よろい）につつまれていた。

「「…………」」

その巨体、そしてその異形な姿に……彼らはすっかり戦意を喪失していた。

フィライトですら、武器を落として、幼子のように震えている。

もうおしまいだ。誰もがそう思った。

そのモンスター……砂蟲は、彼らを丸呑（まるの）みにしようとした……。

そのときだ。

ばちゅんっ……！

砂蟲の頭部が、一瞬にして消し飛んだのだ。

「な、なんだぁ……？」

「見ろ！　魔除けの力だ！　あいつは聖女さまが付与なさった聖なる力によるダメージを受けたんだ！」

確かに、自分たちを襲おうとした瞬間、砂蟲はなにかにはじかれたようにのけぞった。

きらきら……と今のフィライトたちの周りには聖なる光が展開してる。

砂蟲はその光に怯えるように、地面の中に消えていった。

「おお！　すげえ！」「聖女さまのお力は、あんな化け物すら退けてしまうなんて！」「Bランク以下を近づけず、さらにあんな化け物から守ってくれるだなんて！」

「「「聖女さま……まじすげええ！」」」

ボルスは戦慄していた。先ほどの砂蟲は、完全にSランクのフィライトの技量では倒せないほどの、化け物だった。

ということは、Sランクを超えるモンスター……SSランクともいえる怪異。

その攻撃を軽々とはねのけるほどの、聖なる力を付与した。

「やばいな……あの嬢ちゃん……すごすぎだろ……」

一方でフィライトは静かに涙を流していた。

ボルスは慌てて恋人のもとへ向かう。

「お、おい大丈夫か!?　どこか怪我したのか!?」

ふるふる！　とフィライトが強く首を振る。

「聖女さまの御業(みわざ)に……感涙の涙を流してるのですわ……」

「ああ、そうかよ……」

心配して損した……とボルスは脱力する。

彼氏の心配などまったく意に介した様子もなく、フィライトが叫ぶ。

「聖女街道には、あのような化け物ですら我ら無辜(むこ)の民を守る力があります！　広めましょう、人々に！　聖女さまが我らの安全のために作った、この神の道を！」

「「おー！」」

☆

砂蟲を爆殺したあと、私たちは南へ向かってまっすぐ下りていく。

ロボメイド、シェルジュにはコンパス機能も搭載されている。

師匠が作った魔導人形を、そのままトレースしているから、私がつけたっていうより師匠がくっつけたのよね。

塔を守るメイドに、なぜコンパス機能（無駄な機能）をつけたのかー……はわからない。

あの変人のことだ、常人には理解できない理由があるんだろう。あんま深く考えないどこー。

さて。

「村を発見しました。立ち寄りますか？　以上」

「おー、村ね。そうね、泊めさせてもらいましょうか」

日も傾いてるし、ちーちゃんにも疲れが見える。

私は前職のお局BBAからパワハラを受けていた。

だから、私は絶対に、労働者に対して無理な労働を強いることはしない！

それがたとえ、竜車であってもだ！

「ぐわぐわ、がー！」「【姐さんまじやさしぃ～！　神！】だそうなのです！」

「ちーちゃん、ダフネちゃんに変なこと言わせないでちょうだい……」

「ほえ？」

動物の言葉がわかる、ラビ族のダフネちゃんが、ちーちゃんの言葉を代弁する。

まー別に神ってわけじゃないんだけど。私はただ、人からやられていやだったこと（過剰労働）を、他人にしたくないだけよ。

ほどなくして村に到着した。しかし……。

「ううむ、これはひどいでござるな……ボロボロでござる」

「……モンスターの襲撃でも受けたのでしょうか？」

村は、まるで嵐が来たかのように、ぐっちゃぐちゃになっていた。

建物は壊れ、道はめくれ上がり、あちこちで怪我した村人たちが寝かされている。

これは、泊めてーって言える状況じゃあないなぁ。参ったなぁ、野宿？　やーよ、屋根のあるとこで寝たいもの。

と、なると……。

「ゼニスちゃん。トーカちゃんを連れて、村長探してきてくれない？　ダフネちゃん、シェルジュ、二人は私のお手伝い」

「「はいっ！」」

奴隷ちゃんたちが、うふふと笑う。

え、なに？

「やっぱり主殿は慈悲深い方でござるなぁ！」「怪我してる人たち、助けるのです！　おねえちゃんやさしいのです！」「……セイさま。事情聴取はお任せください。治療にご専念なさってください」

ゼニスちゃんたちは一度離脱。

残った私、ダフネちゃん、シェルジュは近くにいた村人のもとへ。

「あのー、こんばんは～」

「な、なんだあんた……？」

近くにいたその村人は、右腕を失っていた。

獣か何かに食いちぎられたのだろうか。

「私は旅の者です。治療させていただけませんか？」

「ち、治療……？　あ、あんたら天導教会のやつらか？」

また出た。天導。

最近工房に引きこもってたから、聞かなかったけど、こんな辺鄙なところにも天導の名前って伝わってるのねぇ。

まあそれは今どうでもいいんだ。

「天導は関係ないですよ。単なるよそ者です。シェルジュ」

メイドのエプロンから、ポーション瓶を取り出して、私に手渡してくる。

キャップを開けて、中身をかけようとすると、村人が抵抗。

「な、何する！　やめろ！　そんな得体の知れないもんを……ぎゃっ！」

びくんっ！　と村人が体を一瞬こわばらせると、くたぁ……と倒れる。

シェルジュの親指と人差し指の間に、電流がビビビと流れていた。

こいつ電気を流して気絶させたな……。

「マスター。治療を。以上」

「まー、いっか。やりやすくなったし」

私はポーションの栓を抜いて、とくとく……と怪我人の腕にぶっかける。

するとちぎれた右腕がみるみる再生され、元通りになった。ついでに悪いとこ全部治った。

「はいはい起きてー」

「う、うう……うぉ！　う、腕が治ってる!?　あ、あんたがやったのか？」

「ええ。どう、気分は？」

「あ、ああ……おかげさんで。す、すげえ……体がどっこも痛くない……！」

するとそこへ、ぞろぞろと村人がやってくる。

「おねえちゃん！　動ける怪我人つれてきたのです！」

「お、ダフネちゃんナイスぅ～。はいはい、並んで並んでー！　治してくからねー！」

村人たちは半信半疑のようだった。

だがさっき助けた村人が、自分の腕が治ったことを告げると、みんな信じてくれた。

私、シェルジュ、ダフネちゃんは手分けしてポーションを怪我人たちにぶっかけていく。

治癒魔法と違って、ポーションは瓶を開けぶっかけるだけで、相手を治せるから便利よねー。

治療した村人に、瓶を渡し、別の怪我人にぶっかける。

そんなふうにしていけば、あっという間に、怪我人はゼロになった。

「こ、これはどういうことじゃ……」

「お、あなたが村長さん？」

ゼニスちゃんとトーカちゃんが、はげたおっさんを連れてきた。

たぶん村長さんね。上手く話を通してくれたみたい。さすがゼニスちゃん。

「村人は全滅しかけていたのに……怪我人が誰もおらぬ！　き、奇跡じゃ……」

「いやいや、こんなの奇跡でもなんでもないから」

ただポーションぶっかけただけだからね。

ゼニスちゃんが近づいてきて私に言う。

「……どうやらモンスターが数時間前に襲ってきたそうです。負傷者多数、死者もかなりの数がいるそうで……」

村長から聞き出した情報を、ゼニスちゃんが私に報告する。

ふぅむ、死人も出てるか。これだけ村がぐっちゃぐちゃなら、そりゃ出るわな。

「よし、行くわよ。村長、死体ってどこにある？　まだ埋めてないわよね」

怪我人の治療でいっぱいいっぱいだったし、まだ埋葬だの火葬だのはされてないだろう。

「い、いったい何を……？」

「ま、数時間ならこれが使えるでしょうからね。シェルジュ」

メイドのポケットから、赤い液体のポーション瓶を取り出す。

さっそく、上級ポーションの出番か。

私は村長に案内してもらい、死体のもとへ行く……。

「うえええええええん！　おかーさーん！　おとーさーーーーん！」

小さな女の子が大泣きしてる。

そのそばに、すでに事切れて動いていない、男女の死体が転がっていた。

この子の両親だろう。何があったか知らないけど、まあ……痛ましくて見てられないや。

それは奴隷ちゃん、特に、ダフネちゃんもそうだったらしい。

たっ、とダフネちゃんが駆け寄って、幼女ちゃんのことを抱きしめる。

「泣かないでなのです。おねえちゃんが、治してくれるのです！」

「……なおしてくれる？　ほんとぉ？」

「うん！　だから泣かないで！　ね！」

いきなりよそ者から、こんなこと言われても困るだけだろう。

大人の村長さんですら、困惑していた。死体をどう治療するのかって、猜疑心に満ちた瞳を私に向けてくる。

でも、この幼女ちゃんは違う。

ダフネちゃんにそう言われて、こくん……とうなずいた。

たぶん年の頃が近かったのと、この子の持つ優しい心の光が、幼女ちゃんに届いたのだと思える。

ダフネちゃんは幼女ちゃんの手を握ると、両親の死体から幼女ちゃんを遠ざける。

私はしゃがみ込んで、蘇生ポーションを、夫婦に向かって振りかけた。

その瞬間、激しい光が周囲を包み込む。

「な、なんじゃああああああ!?」

驚いてる村長。奴隷ちゃんたちもびっくりしてるわ。

やがて、光が収まると……あら不思議。

怪我はすっかり元通り、そして死んでいた両親の顔にも、血の気が戻っている。

「こ、これは……」「あたしたち、生きてるの……？」

「おかーさん！　おとーさーん！」

幼女ちゃんは両親に抱きついて、ぼろぼろと涙を流す。

二人は状況を飲み込めていない様子。そりゃそうだ、いきなり死んだからね。

「し、信じられん……か、神の奇跡じゃ……」

村長が声を震わせながら、私の前にしゃがみ込む。

「聖女さまー！」

村長が深々と頭を下げる。幼女ちゃんもそれを見習って、同じように頭を地面につける。

ちょ、ちょいちょい……そこまで大げさにすることないでしょ。

「あなたさまは我らをお救いになられるため、天上の世界よりこの地に舞い降りた、女神さまの化身！　聖女さまに違いありません！」

「ありがとー、おねえちゃ……せーじょさまー！」

ううん、なんか妙なことになってしまった。

ただ、ね。これだけは訂正せねばなるまいて。

「あのね、私、聖女じゃありません」

「え？　で、では……？」

「私、ただの錬金術師ですから」

私の台詞(せりふ)を聞いて、村長さんも、そして幼女ちゃんも目を丸くして、ぽっかーんとしていた。

誰も何も言えない中で、ぼそっとシェルジュが言う。

「死者を蘇生させておいて、神の力ではないと否定するのは、さすがに無理があるかと思います。以上」

☆

エルフの国に向かう途中、ボロボロの村と村人を発見。

私はポーションを使って、怪我人を治し、また死んだ人を蘇生させた。

さっきの幼女ちゃんのお父さんお母さんを蘇生させたあと、蘇生ポーションを使って、亡くなった村人たちを蘇生させていった。

「おお！」「素晴らしい！」「死んだ人が生き返るなんて！」

「「聖女さま！」」

村人たちがそう言う。いやいや、私聖女じゃなくって、錬金術師なんですよ。

蘇生をあらかた終えたあと、私は村の中を移動。

ふと、エルフのゼニスちゃんが私に問うてくる。

「……そういえば、蘇生ポーションは手分けして使わないんですね」

「お、いいとこに気づくね。そうなの。上級ポーション、別名、魔法ポーションは作った人間の魔力を流さないと効果を発揮しないのよ」

「……なるほど。魔法と仕組みは似てますね。術式に魔力を流すことで、魔法が発動する。この場合は術式がポーションですが」

「そゆこと。不便よねぇ。いずれ上級ポーションも、誰もが使えるものにできるよう、手を加えるつもりよ」

そんなこんな雑談しながら、私は半壊した家に到着。

てゆーか、村の家大体ぶっ壊れてるわね……。

「聖女さま、何をなさるおつもりでしょうか？」

「家がないと不便でしょ。てことで直します。あと聖女じゃないんで、そこんとこよろしく」

私はメイドのシェルジュから、次なる上級ポーションを受け取る。

蓋を開けて、壊れた家にぶっかける。

「み、見ろ！　家が！」「時が巻き戻ってるかのように、元通りに!?」

砕け散ったレンガが逆再生するかのごとく元の位置に戻っていき、あっという間にレンガの家が完成。

「す、すごい！　奇跡だ！」「神の奇跡だ！」「聖女さますげえええ！」

なんかもうツッコミ入れるのも面倒ねえ。

はーあ、錬金術師って何度言ったらわかってくれるかしら。

ゼニスちゃんが驚愕しながら言う。

「……い、今のは修復魔法ですか？　古代魔法の」

「いや、回帰ポーション」

「リバース……？」

「時空間をゆがめて、壊れる前の物体に戻すポーションね」

「…………」

ゼニスちゃんは困惑顔で首をかしげてる。

「あれ、シェルジュ？　私何かおかしなことした？」

「錬金術師ではないゼニス様に、突然専門的な知識をひけらかし、悦に入っておりました」

悦に入ってないての。まったくお口の悪いメイドさんね。

ゼニスちゃんがうんうんと唸っているところに、トーカちゃんがやってきて、脳天気な笑みを浮かべながら肩を叩く。

「主殿のお考えは、我々のような凡人には理解できませぬ。考えても意味がありませぬ！　今はできることをしましょうぞ！」

「……そ、そうですね。セイさま、炊き出しの準備をしてまいります」

「おっけー。よろしくー」

ダフネちゃん、シェルジュを連れて、私は壊れた建物を直しまくった。

彼女は耳がいいので、がれきの下に埋もれてる怪我人をすぐに見つけ出してくれる。

ロボメイドのロボパワーでがれきをどけて、回復ポーションで治療。

壊れた建物を回帰ポーションで直す。

「マスター」

「なぁに？」

「この活動に意味はありますか？　ポーションを無駄に消費してるだけに思えます」

シェルジュがロボらしい声音で、実にロボらしい意見を言ってくる。

不合理な活動に見えるのでしょうね、彼女から見たら。

「意味はあるわよ。作ったポーションの試運転」

「ポーションの数も有限ではありませんか？　以上」

「使わないで取っといても、腐るだけでしょ。なら使いどきにガンガン使った方がいい。データも取れるし、みんな笑顔で一石二鳥、ってね」

まあとは、こんな惨状見せつけられて、そして自分には、どうにかする力があるというのに、見過ごす。

そんなことしたら、気持ちよく旅できないじゃない。絶対に嫌な思いするわ。

別に私はあの人たちが言うように、聖人君子でもなければ聖女でもない。

「私がそうしたいから、そうしてるだけさ」

「どや顔でかっこつけてますが、単にわがままなだけでは？」

「あーあー、聞こえなーい」

回帰ポーションの力で、壊れた建物などを直した。ほんと便利ねえこれ。

まあ結構たくさん作ったし、しばらくはストックが切れることはないだろう。

もし切れたとしても、工房で作ればいい話だしね。

師匠の工房は全国にたくさんあるし（大体放置されてるけども）。

「す、すごい……まるで夢でも見ているようです」

すっかり元通りになった村を見て、村長が涙を流してる。

夢じゃなくて現実ですよ。

「聖女さま、ありがとうございます！」

「いえいえ」

そのあと村人たちにご飯を振る舞うゼニスちゃんたち。

ただのスープなんだが……。

「う、うぉおお！　うめえ！」「こんな美味いスープ初めてだぜえ！」

奴隷ちゃんたちの作ったスープを大絶賛する村人たち。

作ったゼニスちゃんたちは、首をかしげていた。

「……ただのスープのつもりだったのですが」

「変わったものといえば、主殿からいただいた、この調味料でござろうか」

私が片手間で調合した、秘伝の調味料を渡してたのである。

「聖女さま！　すごく美味しいです！　このスープ、いったい何を入れたのですか⁉」

「これです」

シェルジュから瓶をもらい、村人たちに見せる。

瓶に入った、黒い液体だ。

「これは……なんでも美味しく食べられるようになる調味料的ポーションです」

適当に作ったものなので別に名前とかない。適当に名前を即興でつけた。

シェルジュが冷ややかな目を向けてきた。なんだこんにゃろ？

「ひどいネーミングですね」

「うっさい」

すると、おお……！　と村人たちが歓声を上げる。

「すごい調味料だ！」「セイさまのお作りになられた調味料……」「セイ油なんてどうだろうか！」「それだ！　セイ油だ！」

なんか知らないうちに調味料の名前にされてるし！

は、恥ずかしいわー……。

「セイ油すげえ！　卵と合う！」「何にでも合う！」「すごい……！　聖女さまは、ポーション作りだけでなく、このような素晴らしい発明までなさるなんて！」

どれも別にそこまでたいしたもんじゃないと思うんだけど。

村人たちからはなんか、めちゃくちゃ感謝されたのだった。

☆

怪我人の治療、そして村の修復を終えた。

さてそろそろ出てこうかなーって思ってたんだけど、どーにもまだまだ問題がありそうだ。

村長さんが私の前にやってきて、膝をついて、頭を下げる。

「聖女さま、どうぞ我らの願いを聞いてくださいませ」

「はいはいなんですか、あと聖女じゃなくて以下略」

もう面倒なので訂正しない。そのうちに本当の聖女さまに怒られそう。

や、別に私聖女を名乗ってるわけじゃあないんだけどさ。

「この村は見ての通り貧相な村でございます。この人外魔境で魔物の脅威に常に怯えるしかなくて……」

「ん？　というか今まではどうしてたの？」

「いにしえの勇者さまが結界を張ってくださっておったのです。しかし年月とともに結界が薄くなっていき、つい先日、結界が壊れてしまったのでございます」

なるほど……。ここ、結構魔物多いし、どうやって村人生きてたのかなーって思ってたけど、そのいにしえの勇者とやらが結界を張ってたのね。

で、結界が壊れて、魔物が入ってきて、あの惨状ってわけか。

「どうか聖女さまのお力で、結界を張り直していただけないでしょうか」

「うーん、結界は無理かなぁ」

「そんな……！」

「でも魔物は寄ってこないふうにはできると思うけど」

「おお！　是非お願いします！」

ということで、村に魔除けのポーションをまくことにした。

トーカちゃんとシェルジュ、二手に分かれて、魔除けをポーションを村を一周する感じでまいていく。

「……セイさま。魔除けのポーションの効果はどの程度あるのでしょうか？」

エルフのゼニスちゃんが私に至極当然の疑問を聞いてくる。

「ま、ある程度は持つでしょう」

「……ある程度」

「正確な数字はわからないけど、ま、五〇〇年くらいはへーきでしょ」

なにせ、五〇〇年前、王都を襲ってきた魔物の群れを、私の魔除けのポーションは追い払ってくれたんだから。

私が仮死状態になったあとも五〇〇年間、少なくとも効果は持続していただろう。でなきゃ、私はとっくに魔物の餌になっていたはずだからね。

あ、ちなみに魔除けのポーションって、水で流すとかけた対象への効果はなくなるわ。でもたとえば雨などで洗い流されたら、地面にその成分が残る。その土地に魔除けの効果は持続するわね。

「……あ、相変わらずすさまじいですね、セイさまのお作りになられるポーションは」

「ありがと～」

わしゃわしゃ、と私はゼニスちゃんの頭をなでる。

ちょっと照れつつも、私のなすがままになってるゼニスちゃん。かわよ。

ダフネちゃんがすすす、と近づいてきて、んんっと頭を突き出してくる。

自分もなでてほしいのか。かわわ。

魔除けのポーションをまき終えた二人。

「これでもう安心でござるよ！　主殿のポーションは、道中敵をまったく寄せつけてなかったでござる！　効果はおすみつきでござるよ！」

「おお！　なんと素晴らしい！　……ですが、あの化け物はどうでしょうか」

村長さんが暗い顔をして言う。

「あの化け物？」

「はい。砂蟲というおぞましいミミズの化け物です。近頃になって姿を現し、村を何度も襲ってきたのですが……」

砂蟲……砂蟲……。あ、あれかぁ。

「それなら問題ありませんよ」

「も、問題ない……とは？」

「シェルジュ。あれを」

うなずくと、エプロンのポケットから、砂蟲の頭部を出してくる。

モンスターの一部はポーションの材料になるから、なるべく回収するようにしてるのよね。

「お、おお！　それはまさしく砂蟲！　で、では……聖女さまが、倒してくださったと！」

「まあね」

倒したっていうか、私たちの旅を邪魔してきたので爆破しただけなんだけども。

村長さんたち含めて、村の人たちが涙を流しながら、何度も頭を下げてくる。

「うんうん、よかったね。じゃ、長居しちゃったし、私はこれで！」

諸々の問題も片付いたし、とっととエルフの国に行きたいものね！

「お待ちくだされ！」

ま、まだ何かあるの……？

もう、めんどいなぁ。正直このままずるずる、ここでに縛られるのも嫌なのよねぇ。私はいろいろ見て回りたいわけだし。

「実は聖女さまに……」

「村長さん、そして、皆さん、よくお聞きなさい」

彼らの注目が私に集まる。こほん、と咳払いをして言う。

「私たちはこれでおいとまします。あとのことは自分たちでなんとかしなさい」

「あ、あの聖女さま。実は……」

「いつまでも、あると思うな聖女さま」

「！」

「とまあ、いつも私が通りかかるとは限らない。天の助けを待つんじゃなくて、自らの意思と力で、守りたいものを守る。そうするべきだと私は思うんだ」

ようは自分のことは自分でしてね、いつまでも頼られても迷惑だから、という意味で言った。

だが村人たちは、まるで夢から覚めたように、はっとした表情になる。

「というわけで私はこれにて失礼。あとは強く生きるのですよ」

「「はい！　聖女さま！」」

よし！　面倒ごと回避！

「さすが聖女さま、素晴らしいお言葉だ！」「素敵！」「この日、この言葉を綴って、子々孫々に言い伝えとして遺していこうじゃないか！」「それ賛成！」

なんかまた頼まれそうだったから、これでなんとかごまかせたわよね。

奴隷ちゃんたちとともに竜車に乗って出発。

「聖女さま！」「おたっしゃーでー！」「このご恩は一生忘れませんー！」

後ろで村人たちが手を振ってる。ふぅー……いやぁ、働いてしまったわー。

私は荷車でごろんとなる。

「おねえちゃん！　んー！」

ダフネちゃんが抱きついてくる。おお、ちょうどいい抱き枕。

「わはは、もふもふ～」

「もふもふ～♡」

ゼニスちゃんが首をかしげながら聞いてくる。

「ところで、セイさま。あの村人たち、最後に何を言おうとしていたのでしょうか？」

村長さんがしようとしてた、最後のお願いのことを指してるのだろう。

「さーね。面倒だから逃げちゃったけども、ま、あとは自分たちでなんとかするっしょ！」

こうして私たちは村をあとにしたのだった。

☆

セイたちが村を出発して半月ほどが経過したある日のこと。

追跡するSランク冒険者フィライトが、ふらふらとなりながら悪魔の塔を踏破した。

「フィライトさん！　ご無事でしたか！」

恋人のボルスをはじめ、同行してきた冒険者たちは、塔の入り口で待っていた。

フィライトを抱きしめてあげるボルス。だいぶお疲れのようだった。なにせクリアに二週間もかかったのだ。

「お疲れ。そんで、手がかりはつかめたのか？」

「ええ、ボルス……ここは、聖女さまのお師匠さまの塔でしたわ……」

「師匠？」

「ここで聖なる御技を鍛えた、とのこと。塔の最上階にいた、侍女さまより聞きましたわ……」

フィライトはこの塔であったことをボルスたちに語る。

中には難解なトラップ、強力なモンスターなどがうろついていた。

聞いただけでボルスたちが震え上がるほどの、恐ろしい罠が仕掛けられていたのである。

「聖女さまはこの塔をなんと、数秒でクリアしたと、侍女さまよりうかがいましたわ！」

「おお！」「すげええ！」「フィライトさまが二週間もかかった試練を数秒でなんて！」

セイへの評価がまたも爆上がりしていく。だが実際にはセイは転移ポータルを使っただけで、塔内のトラップなどにはまったくひっかかっていない。

そのことを知らない彼らからすれば、Sランク冒険者すら苦戦する危険な場所を、楽々と越えていった聖女さますごいとなるわけだ。

「しかしよぉ、聖女さまここに何しに来たんだ？」

「見ればわかるでしょう、ボルス。この高い塔を見れば」

「いや、さっぱりだ」

「聖女さまはこの世界を高い場所から見下ろし、この暗黒に包まれている世界の窮状をなげき、祈りを捧げていたのです……！」

と勝手に妄想するフィライト。

ボルスはそんなわけあるか、とわかってる。だがこの恋人、セイに関してだけはポンコツでかつ意固地なのだ。

ここで異を唱えたらおそらくは激怒するだろう。触らぬ神に祟りなしとばかりにスルーする。

「そんで、聖女さまはどこへ向かわれたって？」

「そのまま南下して行ったそうですわ」

「じゃあまっすぐエルフ国アネモスギーヴに向かったのかもな。行こうぜ」

と冒険者の一団を連れて、ボルスたちは塔をあとにする。

そんなふうに歩いていると……。

「な、なんじゃああありゃあ」

とても立派な村が……否。

城塞都市が見えてきたではないか。

なんとも見事な外壁が、荒野の中にぽつんとあった。

すさまじいくらいの場違い感である。

補給の意味合いもかねて、ボルスたちは都市に立ち寄ることにした。

「す、すげえ……」「なんて立派な城塞都市なんだ……」

そこは辺鄙なところにある都市とは思えないくらい立派で、整っていた。整地された道路に、整然と並ぶ建物群。

都市で暮らす人々はみな潑剌としていて、すさまじいスピードで都市開発が進んでいた。

ボルスは近くにいた都市の人に尋ねてみる。

すると数日前までは、砂蟲に襲われて壊滅寸前の村だったことを聞いた。

……そのあまりの発展っぷりは、冒険者として世界各地を見てきた彼から見ても、常軌を逸したものだった。呆然と、彼はつぶやく。

「たった半月でここまで立て直したのか？　いったい全体どうやって？」

すると町の人は誇らしげに、彼らをとある場所へと誘（いざな）った。

都市の中心部にある噴水公園だ。そこで、とんでもないものを見かけて目を剝く。

「なっ⁉　あ、あの嬢ちゃんじゃねえか……！」

「素晴らしい……！　女神像ならぬ、聖女像ですわねー！」

鉱物を削って作られた、巨大な聖女像があったのだ。

フィライトは目を輝かせ、ボルスはあきれていた。

こんな物を作るなんて……。よほど、この町の人間たちはセイに感謝してるのだろう。

「この元村は、砂蟲の被害を受け死にゆく定めでした。そこへ聖女さまがお仲間を連れて現れ、我らに無償で治癒を授けてくれたのです」

セイの偉業を次々と口にしていく。

村人を治し、死者を蘇生させ、村を再生したと。

「そ、そこまでやってくれたんか、あの嬢ちゃん……すげえ……」

「ええ、ええ。しかも無償でございます！　我らが対価として、魔銀（ミスリル）鉱山の採掘権をお渡ししようとしたのですが……」

「なっ⁉　魔銀だって⁉　そんな高価なもんが採れるのかここ⁉」

「ええ。この人外魔境の地には、いくつもの魔銀鉱山があります」

「まじか……採掘権をもらわないなんて、あの嬢ちゃん何考えてるんだ……？」

フィライトはやれやれ、とあきれたように首を振った。

ボルスはまたか……とこちらもまたあきれたようにため息をつく。

「聖女さまのほどこしは無償の愛。お金など無用ということですわ。はぁ〜……素晴らしい♡これだけの偉業をなさったうえで、しかも対価を求めない……まさに無償の愛！」

実際にはしょうもない理由から立ち去ったのだが、もちろん、彼らは知らない。

がんがんと聖女に対する好感度が上がっていく。

「そして我らに激励を与えてくださり、去ってゆきました……。その後、聖女さまの聖なる力を受けた我らは、この通りすっかり元気になりまして！」

「で、このご立派な町をあんたらが作ったってわけか」

セイが彼らに与えたのは通常のポーションだった。しかしただのポーションでも、並の錬金術師が作るものより遥かに高品質な物。

セイのポーションは彼らの細胞を活性化させた。おかげで、うちに秘めた潜在能力すらも開花。この村の全員が、才能を開花させ、結果このような立派な都市を作り上げることに成功したのだ。

「この都市は聖女都市として、この人外魔境の地を訪れた人たちに、無償で施しを与える都市として、この先も運営していこうと思います！」

それを可能にするだけの人材が、この都市には集まってるということだ。

全員がセイの出来立てポーションを飲んで、英雄レベルにまで、潜在能力を引き上げられた英雄たち。

「素晴らしい……聖女街道に聖女都市！　これほどのものを作り上げるなんて……聖女さまはやはり素晴らしいですわー！」

フィライトの中で聖女セイの評価はガンガンと上がっていくのだった。

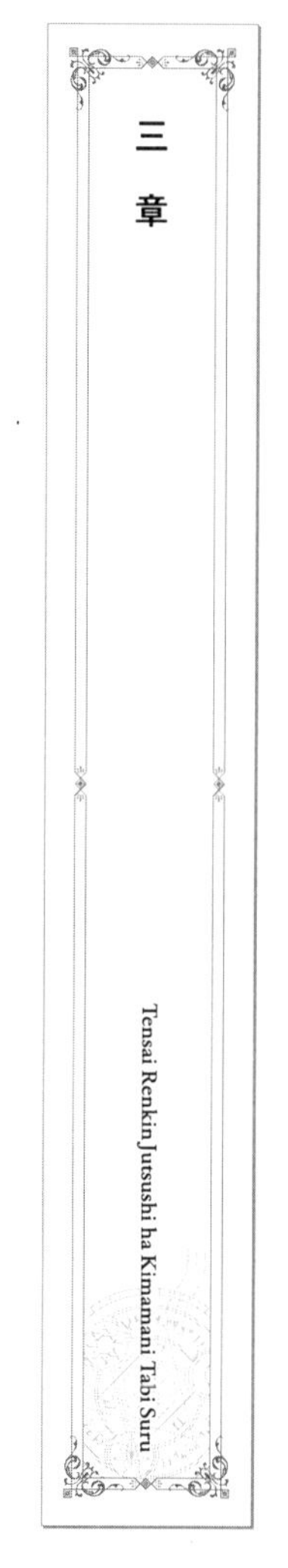

三章

Tensai Renkin Jutsushi ha Kimamani Tabi Suru

ついに荒野を抜けて、エルフ国アネモスギーヴにやってきた私たち一行。

道中まあいろいろあったけど、よーやく到着かぁ……。

「…………」

エルフの奴隷、ゼニスちゃんがそわそわとしている。

元々彼女はこの国の王女さまだったのよね。

クーデターが起きて、家族は皆散り散りになってしまったらしい。

「やっぱり来ない方がよかった、ここ？」

「……い、いえ！　そんなことありません。ただ、懐かしいなと思って」

目を細めて周囲を見渡すゼニスちゃん。嘘は言ってないみたい。

そりゃそうか。なんてったって故郷の土地だものね、ここ。

「いつぶりなの？」

「……わかりません。ただ、もうだいぶ前になる……と思います」

そういえばゼニスちゃんはエルフだった。

人間とは時間感覚が違うって聞くわね。長命な種族故に。

だから何年前とか、いちいち年月で覚えていない、感覚でしかわからないのだろう。

「家族に会えるといいわね」

「……はい。ただ、もういない可能性の方が……」

まあ、奴隷として売りに出されたとなると、確かにエルフ国にとどまってない可能性はあるかもしれない。

「ま、そのときはそのときよ！」

「セイさま……」

「探す前からだめだーとか言っちゃったら、だめよ。まあ何も見つかってないし、見つからなかったわけじゃないんだからさ。だめだったらそんとき考えましょ」

ゼニスちゃんは頭がいい分、いろんなことを考えてしまう。余計なことまで考えちゃうのね。でもそんなふうに、悪いことを延々考えても疲れるだけだわ。適度に、てきとーに。だめならそのとき考える。

「そんな行き当たりばったりでいいのよ、人生なんて。合否も出来不出来もないんだしね」

「……はい、ありがとうございます。セイさま、励ましてくださって」

「仲間が落ち込んでたら励ます。そんなの当たり前じゃないの」

まあ実際、私が社畜時代だったとき、落ち込んでても誰も声かけてくれなかったからさ。

同じふうに悩んでいる人をほっとけないのよね……。

「さて！　じゃあアネモスギーヴに来たわけだけど、まずはどこを目指す？」

「……王都を目指すのがいいかと。人も多いですし」

「んじゃ王都へゴーね。と、その前に、どこかに水浴びできるとこないかしらね」

長く荒野を歩いたから、水浴びしたい気分なのよね。

「マスター。体の洗浄は浄化ポーションで行っていたので、体表に老廃物はありません」

「そりゃ体はきれいだろうけどね、こう……入りたいでしょ。水。暑かったし！」

本当のことを言うならお風呂に入りたいところだけども。

ゼニスちゃん曰く、お風呂のあるような町までは結構距離があるそうだ。

ならせめて水浴びくらいはね？

荷車の上で、ラビ族のダフネちゃんが耳をピクピクと動かす。

「おねえちゃん！　水の音がするのです！」

「でかした！　よし、トーカちゃん、そこへゴーよ！」

「心得たでござるー！」

ダフネちゃんは耳がいいので、水源を音で見つけ出したのね。いやぁ、さすがだわー……。

って思っていたのだけど。

「わー……なにこの毒沼」

森の中に大きな湖があった。

が、どう見ても湖の中には、粘液がたっぷたぷに満ちてるのよねぇ。

「……おかしいです。沼なんてこのあたりにはなかったはず」

「これじゃ水浴びできないのですぅ～……」

「ダフネちゃん、諦めちゃだめよ。そんなときこそ、浄化ポーションの出番じゃないの！」

浄化ポーションは、簡単な毒や呪いを解くだけでなく、体表の老廃物を洗い流す効果を持つ。なかなか便利なポーションだ。

これで下級ポーションなんだから驚きよね。

私はポーション瓶の蓋を開けて、毒沼にとくとくと注ぐ。

紫の粘液が、みるみるうちに透明な湖へと変わっていった。

「わぁ！　きれいなお水なのです！　おねえちゃんすごいのですー！」

「いやはやどうも。さ、水浴びよ……！」

私たちは薄着になって、湖で体を洗い流す。

トーカちゃんはカエルのように泳いでいた。ダフネちゃんはぱしゃぱしゃ、とゼニスちゃんと水の掛け合いをしてる。

私とシェルジュは湖畔に腰掛けて癒やされていた。水で体を洗い流して、すっきりそうかい。

ふぁーあ、眠いですな……。

と、そのときだ。

がさっ！　と森の茂みが大きく動いたのだ。

シェルジュが間髪入れずに銃を抜いて発砲しようとする。

だが私はロボメイドの銃をつかんで、銃口を上に向かせる。

「なぜ邪魔をするのですか？」

「敵ならダフネちゃんが気づいてるから」

遊んでいるとはいえ、彼女のうさ耳が敵の接近をとらえられないとは思えない。

私は茂みの方へ行く。するとそこには、エルフの少女がぐったりと、その場に倒れていた。

木の桶が近くに転がっている。どうやら水を汲みに来ていたらしい。

あ、あの毒沼を……飲むつもりだったのかしらこの子？

とんでもないわね……。

「っと、そんなことより。シェルジュ、ポーションを」

下級ポーションの管理もシェルジュには任せている。

錬金工房（空間魔法の一つ）の中にポーション入れとくよりは、シェルジュに持たせてる方がいいのよね。前者は内部時間を加速させてる関係で、すぐ劣化しちゃうし。

シェルジュからポーション瓶を受け取って、子供エルフに飲ませる。するとみるみるうちに顔色がよくなっていった。

「これでよしっと。あとは起きるまで待ちましょうか」

「また寄り道ですか、以上」

「いいじゃないの。寄り道。旅してるんだから。寄り道もまた旅の醍醐味よ」

☆

「う……ここは……？」

「おはよう。目が覚めた？」

私たちは幌馬車の荷台に乗っている。

エルフ少女はゆっくりと体を起こす。

「！　体が……楽になってる……息が、苦しくない……！　なにが……？」

私は軽く事情を説明。倒れた彼女にポーションを飲ませたと。

エルフ少女は唇を震わせながらつぶやく。

「すごい……瘴気を払うなんて、まるで聖女さまみたい……」

まーた勘違いされてるわ……。まあもう訂正も面倒なのでほっとくか。

それより気になるワードが出てきた。瘴気？

「ねえ、あなたのお名前は？」

「あ、はい。ララと申します、聖女さま」

「ララちゃんね。私はセイ。あとのみんなは旅の仲間よ、よろしくね」

シスターズとメイドロボのシェルジュが頭を下げる。

「それで、いったい何があったの？　毒沼の水なんて飲もうとして」

「はい、実は今、国全体が危機に瀕しているんです」

「危機って……しかも国全体で？」

「はい。深刻な公害が起きてるんです」

「公害……」

なるほど、それは深刻だわ。

はて、と火竜人のトーカちゃんが首をかしげる。

「こうがいとは、なんでござるか？」

「工房からの排水が原因で、土壌が汚染されることによって引き起こされる環境破壊や、病気のことね」

「なるほど……！　さすが主殿！　物知りでござるな！」

しかし公害か。私も師匠のところで修業しているときは、きつく言われたものだ。

排水を処分するときは、慎重にと。

「どこかに工房があるの、ララちゃん？」

「はい。王家御用達の魔道具師ギルド蠱毒の美食家の工房が、国全域に建てられたのです」

「蠱毒の美食家……ね。あんまいい噂を聞かない魔道具師ギルドねえ」

王都の貧民街にも、確か出店してたと思う。人工臓器とか、寿命が延びる薬とか、そんな怪しげな魔道具を高値で取り引きしてたっけ。

……あれ？　というか、まだあったのね、あの闇ギルド。

五〇〇年前からあったし……。やはり悪はなかなかしぶといのねえ。カビみたいに。

「新国王さまになってから、蠱毒の美食家たちはこの国に工房をたくさん建てました。排水を垂れ流し、土壌を汚し……その結果山の緑も、空気も、地面も水も……瘴気によって汚れてしまっているのです」

「おねえちゃん、おねえちゃん、瘴気ってなんなのです？」

はいはい、とダフネちゃんが手を上げて質問してくる。

「魔道具を作るときに必ず出る有毒なガスよ。より正確に言えば、魔道具の核となる魔力結晶を削ったときに発生する微粒子、それが瘴気なんだけど……」

ぽかん、ゼニスちゃんとララちゃんが口を大きく開けている。

あれ？　どうして驚いてるのかしら？

「す、すごいです聖女さま！　瘴気の正体を解明してるなんて！」

「……さすがセイさままです。国の宮廷魔道士さまでも、瘴気の正体についてはわからなかったのに」

エルフちゃん二人が私に、尊敬のまなざしを向けてくる。

「あ、あれ？　先生から習わなかった？　こんなの魔道具作成の初歩でしょ？」

ふるふる、とエルフちゃんズが首を横に振る。あれぇ～？

ま、まあとにかく、あの毒沼の正体が、魔道具師ギルド蟲毒の美食家たちの工房の仕業ってことはわかったわね。

原因を絶たない限り公害はなくならない。とはいえ……。

「ララちゃん。あなたの住んでる村ってこの辺かしら？　もしかして公害で苦しんでる人たちがいるんじゃない？」

「は、はい……！　近くに村があってそこで暮らしています。おっしゃる通り……みんな苦しんでいます」

「ん。OKじゃ、まずは目先の人たちを助けることから始めましょう」

「た、助けてくださるのですか!?」

「ええ」

何度も繰り返しになるが、私は別に善意で人助けをしているわけじゃあない。

私はただ、気持ちよく旅がしたいだけだ。目の前で苦しんでる人をよそに、楽しい旅行なんてできないものね！

「うう……ぐす……ありがとうございます……聖女さまぁ……」

「いいって。ほら、案内してちょうだいな」

ララちゃんを竜車に乗っけて、私たちは彼女の住む村へと急行した。

そんなの離れたところではなかったので、すぐに到着。

「うう～……くさいのですぅ～……」

「うむ……これは……相当ひどいでござるな……」

五感に優れるダフネちゃんとトーカちゃんは、村を包み込む異様な空気を機敏に察知したみたいだ。

……確かにひどい。瘴気が可視化してる。

「マスター、大気中の瘴気濃度を測定しました。人体に多大な障害をもたらすレベルまでに達しております」

シェルジュには測定機能もついている。彼女から告げられた数値に私は驚愕した。

こんなところでまだ暮らしてるなんて……。

「ララちゃん、村長さんのところへ連れてってくれない？」

「は、はい……で、ですが……その……」

と、そのときだった。

「ララ！　ごほごほ……何をしておるのじゃ！」

結構な美青年エルフが、こちらに駆け寄ってくる。

その美しい顔つきが、怒りにゆがんでいた。

村の青年かしら？

「長老さま」

さ、最長老ぅ……？　どう見ても二十代の美青年じゃないの。

彼女たちエルフだったわね。若く見えてはいても、うん百歳とか歳食(としく)ってるんだわ。

「人間なんぞつれてきよって……！　げほっ！　ごほっ！　今すぐに出ていけ！」

あらら、あんまり歓迎されてない感じ？

もしかして……エルフって人間が嫌いなのかしら？　五〇〇年前は社畜ってたから、あんまりエルフと交流持ったことないし、知らないのよね。

「出ていけ！　村から……げほごほごほ！」

あーあー、無理しちゃって。

瘴気を大量に吸い込んだことによる、健康被害が出てるじゃないの。

ま、無理にとどまる理由はないけれど、苦しんでる人たちをほっとけないのよね。旅が楽しくなくなるもの。

ということで、何を言われようとも私は私のしたいようにする。

「初めまして&食らえポーション！」

ぱしゃっ！　と私は浄化ポーションを、長老さんにぶっかける。

浄化ポーションは下級ポーション（簡便に作れる薬）の一つ、汚れを落としたり、毒や呪いを解除する。

「き、貴様人間……！　いきなり何をするのだ！　魔法で消し炭にしてやろうか！」

「まーまー。それより長老さん。体……楽になってない？」

「何を貴様言ってる……なっ⁉」

体の変化に遅まきながら気づいたみたいね。

顔色もさっきよりよくなってるようだわ。

「し、信じられん……体の中の瘴気を取り除いたのか……？」

「まーね。それで、村の人の治療をしたいんだけど、いちいち突っかかってこられたら面倒だから、あなたみんなを説得してきてここに連れてきてくれない？」

長老さんは私に疑念のまなざしを向けてきた。まあいろいろ聞きたいことは多いだろう。

おまえは誰だとか、そのポーションはどうしたのかとか。

「ほらほら、急いで。早くしないとみんな死んじゃうわよ」

「わ、わかった……！」

☆

エルフ国に到着後、この国が公害問題を抱えてることを知った。

偶然知り合ったエルフのララちゃんを治療し、その後彼女の住んでいる村へと移動。

村長をサクッと浄化ポーションで治療した。

その後手分けして浄化ポーションをエルフのみんなに飲ませていく。

「おお！　体が軽い！」「すごい！」「エルフでもこんなハイレベルな治癒魔法、使えないぞ！」

あ、そうだ。そうだよ。

「長老さん」

「なんでござましょうかぁ聖女さま……！　我々にできることならなんでもいたしますよぉ！

靴でもなめましょうか！」

「なめなくていいから」

しかしなんという手のひら返し……。

最初にこの村に来たとき、長老さんってば私を敵視してませんでした？

それが今やにっこにこしながら、手もみして私に近づいてくる。

村の危機を救ったからだろう。現金な人。

「あなたたちって治癒魔法使えるんじゃないの？」

治癒魔法。かなり高度な魔法であり、使い手は少ない。だがそれはあくまでも、魔法適性の低い人間たちにとってである。

エルフは人間よりも魔法を上手に操る。治癒魔法くらい、エルフなら使えると思うんだ。

だからこそ余計におかしい。なんで魔法で自分たちを治療しないのかって。

「実は大気汚染の弊害で、魔力不全になっておりまして……」

「魔力不全ねえ……体内に取り込んだ、魔素（マナ）から魔力が作り出せなくなるって病気だっけ？」

「おっしゃる通りでございます」

公害による弊害で、どうやら魔法そのものが使えなくなってるみたいだ。

魔法を手足のように自在に操るエルフたちからすれば、魔法が使えなくなるってことは、四肢を失うことに等しいだろう。かわいそうに。

「魔力不全って、回復ポーションで治るかしらね」

ふと気になったので、長老さんに回復ポーションの方も飲ませてみた。

すると……。

「お、おお！　錬れる！　魔力が錬れますぞ！　す、すごい……！」

「よかった。そんじゃ、みんなー、回復ポーション配るの手伝ってー」

「「はーい！」」

奴隷ちゃんズとシェルジュに手伝ってもらい、今度は回復ポーションを配って回る。

「おお！　使える、魔法が使えます！」

「なんてことだ！　瘴気の浄化だけでなく、不治の病さえも治してしまわれるなんて！」

「さすが聖女さまだ！」

ん？

不治の病……？

「長老さん」

「はいよろこんでー！」

「まだ何も言ってないでしょ……」

最初の態度はなんだったのかって言いたい。

気持ちのいい手のひら返しっぷりだった。まーいいけどさ。

「不治の病ってどーゆーこと？　魔力不全って、確かに難病だけど、決して治らない病気じゃないでしょう？」

「確かに治らない病気ではありませんが、今では魔力不全を治せるほどの癒やし手はおりませぬ」

「へ……？　い、いないの？」

「はい。おりません。なので実質、魔力不全は不治の病とされておりました」

「お、おおう……そうなのか……」

え、魔力不全が治せる人いないの!?

「マスター。ここはあなたの元いた世界から五〇〇年後、いろいろな技術が衰退してるのをお忘れですか？」

シェルジュの言う通りだった。

そ、そっか……私五〇〇年後の衰退した未来まで眠っていたんだっけ。

しかし魔力不全が治せる人いないって相当やばくないかしら？

だって魔法の恩恵が受けられないってことよね？

魔法がないいんじゃ生活不便すぎるでしょ……。

だ、大丈夫なのかしら、今の世界の人たち。

ま！　深刻に考えたってしょうがないわね！

今は見えない全世界の人たちじゃなくて、目の前にいる困ってる人たちをどうにかしないと。

でないと気持ちよーく旅ができないでしょうに！

私たちは回復ポーションを使って、魔力不全だったエルフたちを治療した。

その後、みんなが私の前で土下座している。なして？

「聖女さま、我らをお救いくださり、誠に感謝申し上げまする！」

長老さんが頭を下げると、他のエルフたちも同様に感謝の意を伝えてくる。

エルフは人間嫌いって設定はどっこいったんだろうね……。それと私は錬金以下略。

「それよりこの汚れた土壌と大気を改善する必要があるわ。このままじゃいずれまた、体調を崩すエルフが続出するでしょうし」

「……ですね。体内の瘴気が取り除かれたといっても、飲み水や食べ物から瘴気を摂取してしまうわけですし」

ゼニスちゃんの言う通り。ということで、根本的な治療に当たることにする。

「シェルジュ。上級ポーションぷりーず」

「かしこまりました、マスター」

彼女のメイドエプロンのポケットから、空色の液体の入ったポーション瓶を取り出す。

このメイド、状況や私の声色から、欲しいポーションを自動で判断して渡してくれるのよね。便利な女。

「……新しい上級ポーションですか？」

「その通りよ、ゼニスちゃん」

魔法のような効能を発揮するポーションを、私は上級ポーションと呼んでいる。

いくつか種類があって、それぞれ効能が異なる。

「トーカちゃん。これ、思いっきり空高く放り投げてくれるかな？」

「心得ましたぞ！」

火竜人のトーカちゃんは、私たちパーティの中で一番の力持ちだ。

トーカちゃんは大きく振りかぶって、思い切り、天へ向かって瓶をぶん投げる。

ぎゅぅうううん！　……って、なんかすごい勢いで飛んでいったわね。

「わー！　すごいすごい！　もう見えなくなったのですー！」

ダフネちゃんがぴょんぴょんしてる。そのたびにうさ耳が揺れてかわゆす。

「シェルジュ。狙撃して」

「承知いたしました」

シェルジュは銃を取り出して、空中に向けて銃弾を放つ。

割れたかどうかはここからじゃわからない。

「命中です」

ロボなメイドのシェルジュの目には、高性能な望遠機能もついてるのだ。

改めてだけど、便利ねこの魔導人形。

「……セイさま。いったいこれから何が起きるのですか？」

「見てればわかるわよ〜。あ、来たわね！」

「……あ、雨雲!?　こんな晴れてるのに!?」

一瞬で空が真っ黒になると……。

ざぁあああ……と激しい雨があたりに降り始めた。

すると空気中に漂っていた高濃度の瘴気が、一気に洗い流される。

大雨は本当に短い時間降って、サッ……とやんだ。

「み、見ろみんな！　村の瘴気が！　なくなってるぞぉ！」

うん、ちゃんと作用したみたいね。

「……せ、セイさま……今のは？」

「慈雨のポーションよ」

「……慈雨？」

「化学反応で雨雲を作り、雨を降らすの。で、その雨の中に浄化ポーションの成分が含まれてるから、一定範囲内の土地と大気を浄化できるってわけ」

「…………」

ぽかんとした表情で、ゼニスちゃんが私を見つめている。

あれ？　私難しい話しちゃったかしら？

慈雨のポーションの仕組みは、浄化ポーションを雨に含ませて、広範囲に降らせるって、ただそれだけなんだけど……。

「す、す、すごすぎますぞぉお！　聖女さま！」

長老さんがいきなり大声を出す。うるさ……。

「魔法で天候を操るなんて！　すごすぎますぞ！」

そっちかーぃ。

え、天候を操作するのが、驚くべきポイントなの……？

「え？　それくらい……できない？」

「できませぬ！　我らエルフであっても、さすがに天候操作の魔法はできませぬ！　失われた古代魔法ですからな！」

「え、ええー……そう、なんだ……」

そっか、そこからかぁ……。

「聖女さまは、どこでそのようなすさまじい魔法を習得なさったのですか⁉」

「ええと……魔法じゃなくて、錬金術なんだけど……」

「はは！　ご冗談を！　錬金術で雨を降らせられるなんて話、聞いたことがありませぬぞ！」

ええー……ここにあるんですけど……。

ともあれ、慈雨のポーションの効果で、村の土壌と大気汚染問題は解決したのだった。

しかし根本的な解決にはなってないのよねえ。やっぱり魔道具師ギルドを、叩くしかないか。

☆

エルフ国アネモスギーヴに到着した私たち。

最初に立ち寄った村は公害による被害を受けていた。

原因は魔道具師ギルド蠱毒の美食家たちが垂れ流す瘴気。

村の浄化は終わったけれど、この瘴気を発生させないようにしない限り、根本的な解決には繋(つな)がらない。

ララちゃんたちのいるエルフの村でとりあえずある程度情報を集めた。

そして私は村に一番近い、蠱毒の美食家の工房へと足を踏み入れた。

「なにぃ？　アブクゼニーさまに会いたいだとぉ？」

工房の受付にいた、どーみてもやる気のなさそうな人間の男に、私は声をかけた。

アブクゼニーとはこの工房の代表責任者……工房長の名前である。ララちゃんから聞いたのだ。てゆーかどんな名前だよ、顔見なくても絶対悪いやつってわかるわ。

「はい。私たち旅の商人でして、是非とも蠱毒の美食家さまの魔道具を買い取りたく思い、こうしてはせ参じた次第でございます」

ま、嘘だけど。

ララちゃんたちの村の位置、村人たちの症状から判断して、公害を引き起こす原因となっているのは、この工房にあることは間違いない。だが確証があるわけじゃない。

そこでまずは工房に潜入して証拠を集めようということになった。

「ふん。女の分際で商人なんぞやってるのか。セイ・ファート……？　そんな商人聞いたことないぞ。怪しいやつめ」

受付の人に疑われる。まあそらそうか。

あとトーカちゃんが憤慨してるのが見えた。女の分際でって言われたのがむかついたのかしら。私は気にしないけどね。別に。仕事に性差とか何も関係ないしさ。

「まあまあそう言わずに。シェルジュ。このお方に山吹色のお菓子を」

「ああ？　山吹色のお菓子だぁ？」

シェルジュはストレージから革袋を取り出して、受付の男に手渡す。

彼はいぶかしげに中身を検めて……驚愕の表情を浮かべる。

「あ、あんたこれは……」

「お菓子、ですわ。どうぞお好きに、召し上がってくださいまし。まだまだありますので」

男は何度も袋の中のそれと私とを見比べて、へこへこと頭を下げ出す。

「へへっ。すぐにアブクゼニーさま呼んできますので、ちょっとお待ちくだせえ！　お嬢さま」

すたこらさっさと男が建物の奥へと消えていく。やれやれ。

「……セイさま。あの男に何を渡したのですか？」

「んー。シェルジュ。ゼニスちゃんに同じやつ渡してあげて」

メイドロボはエルフ奴隷のゼニスちゃんに、同じ物の入った革袋を手渡す。

「……なっ!?　こ、これは……！」

「なになに、なんなのです……えええ!?」

「ふむ……どうしたお二人……ぬおおおお！　これはー！」

驚いてる奴隷ちゃんたちが私を見て言う。

「「「金じゃないですか！」」」

革袋にずっしりと入っていたのは金塊だ。

手のひら大のそれらがゴロンゴロンと大量に入ってる。

「おおおお、おねえちゃん！　どうしたのですこんな金塊！」

「ここに来る前にちょろーっとね」

「ま、まさか盗みでござるか!?」

「ちゃうちゃう、作ったのよ、錬金術で」

ぽかんとするダフネちゃんとトーカちゃん。

ゼニスちゃんは「なるほど……」と神妙な顔つきで、私の作った金塊を見てつぶやく。

「……錬金術は元々は、金を作り出すというのが始まりでしたね」

「そ。ま、結局難しくって大半の人たちは諦めちゃって、副産物のポーションとか魔道具とか作るようになったんだけど、出発点は錬金、つまり価値のない鉱物から価値のある鉱物を作り出すことだったのよ」

「……すごい。本当に金を作り出すなんて。本物の錬金術だ。おとぎ話とばかり思ってました」

「ん〜？　意外と簡単よ。師匠もバシバシ作ってたし」

まあとはいえ、あんまり無から金を作り出しすぎるのはよくない。どこで手に入れたんだって必ず疑われるし。

やりすぎると金の価値が下落するとかで、よくないんだよね。

「ふむん？　これは食べられるのでござるか？　山吹色のお菓子と主殿は申しておったが」

「賄賂の比喩表現よ。いちおう本物の金だから、食べちゃだめよ？」

ほどなくして、デブのおっさんが私たちを応接間へと案内した。

「いやぁ大商人さま！　こんな辺鄙なところまでわざわざ来てくださり誠にありがとうございますぅうう！」

おっさんはにっこにこで私に愛想を振りまいてくる。

こいつがアブクゼニーね。うっわ、まじで極悪そうなツラしてるわ。

名は体を表すってまさにこいつのことを言うのね。

どうやらさっきの受付の男が、金持ってる女が来たとでも報告したのね。

金はないけどな。

「いえいえ。私はセイ・ファートと申します。蠱毒の美食家の魔道具が欲しくて、ゲータ・ニィガ王国からやってまいりました」

「それはそれは！　遠いところからご苦労さまです！」

「さっそくだけど魔道具を作ってるところを見せてもらえないかしら？　商品を仕入れる前に、製造工程を確認しておきたいのよね」

「どーぞどーぞ！　ささ、ご案内いたしますぞぉ！」

アブクゼニーが悪党のお手本みたいな下品な笑みを浮かべていたわね。

私のことを、美人な奴隷を三人も引き連れて、メイドまで同行させている、さぞ金持ちのお嬢だと思ったことだろう。

残念、こちとらただの元孤児の錬金術師ですよっと。

ま、向こうが勝手に勘違いしてるだけだからね。

アブクゼニーに連れられて工房の中を見学することになったんだけど……。

「……これは？」

「従業員たちですぞ！　彼らにはこうして毎日泊まり込みで作業をさせ……んん！　自主的に作業をしているのです！」

……嘘だ。顔を見ればわかる。作業員さんたちの目が、みんな死んでる。

あの目を私は知っている。

上司から仕事を押しつけられて、無理矢理働かされてる人たちの目だ。

生気のない顔つきに、星のない夜空のような黒々とした瞳。

知らず、私は憤っていた。私もまた、彼らと同様に、上司から虐げられ無理矢理働かされていた……社畜だったからだ。

ぶちん、と私の中で何かがキレた音がした。

「トーカちゃん」

「……なんでござろうか？」

ああ、トーカちゃんも怒ってる。そりゃそうだ。こんなふうに人が、まるで家畜のように働かされてるところを見たらね。

自分たちも奴隷として、ひどい労働を強いられてきた過去があるがゆえに、許せないのだろう。

「私が許す。この馬鹿をぶん殴りなさい。思い切り！　シェルジュ！　強化ポーション！」

シェルジュから強化ポーションを受け取り、トーカちゃんがそれを飲み干す。

ぐぐっ、と拳を握りしめると……。

ばこぉおおん！　とアブクゼニーの頬をぶん殴った！

「ほぎゃぁあああああ！」

建物の壁をぶち抜き、すっ飛んでいくアブクゼニー。

「シェルジュ！　慰謝料と権利の買い取りだ、ありったけの金塊をまとめてプレゼントふぉーゆーしてやりなさい！」

ストレージに入っていた金塊を持ち上げて、やつが飛んでいった方向へとぶん投げた。

「あなたたち！　よく聞きなさい！」

目が死んでる作業員さんたちに向けて、私が言う。

「今このときをもって、この工房は私が乗っ取り……指揮する！」

私の宣言にみんな困惑している様子。

だが寝不足で頭が回らないのか、生気のない顔でこちらを見ているばかりだ。

「とりあえず今日はポーション飲んで……寝なさい！　話はそれからよ！」

☆

魔道具師ギルド蠱毒の美食家があんまりにも従業員たちにひどい扱いをしていたので、怒り爆発した私は、責任者を追い出した（物理的に）。

「マスター。やってることが完全に押し入り強盗です」

メイドのシェルジュが冷静なツッコミを入れてくる。

まあね。そりゃね。

「でも疲れ果てて泥のように眠ってる彼らを見てご覧なさいな」

シェルジュの作ったご飯をたらふく食べて、回復ポーションを飲んだ彼らは、藁(わら)を積んで作った簡易ベッドで眠っている。

……驚くことにここ、簡易用のベッドすらなかったのよね。

ふざけてるのかしら？　ふざけてるよね？

「私はどうにも許せなくってね。あんなふうに、人間を家畜のように扱うクソ野郎どもが」

だからまあ、ついお節介を焼いてしまったのだ。

「うむ！　立派でござるな！　主殿は！」「おねえちゃんやさしーのですー！」

ありがとうトーカちゃんダフネちゃん。

一方でゼニスちゃんは冷静な意見を述べる。

「……さすがに現場責任者が、上に断りもなく替わったら問題になると思います。おそらくは近日中に、上層部からの接触があるのでは？」

「でしょうね。まあそれはそれで好都合よ。こっちから出向かなくても、ボスが来てくれるんだから」

ボスに一言物申してやりたいもの。

この公害を引き起こしてるのが、蠱毒の美食家たちなのは明らかなんだから。

「さて、従業員たちが寝てる間に、これからの方針について話すわよ」

シスターズとシェルジュを集めて私が言う。

「私はこの魔道具師ギルドを大改善しようと思ってます」

「……取り潰すのではなく、ですか？」

「ええ。物理的に破壊したところで、そのあとにまた同じような体制の魔道具師ギルドの工房ができたら、また公害が発生しちゃうからね。だったら根っこからこのギルドを、私が変えてやろうって思って」

なるほど……とトーカちゃんたちがうなずく。

「……このギルドの改革を行う、というのはわかりました。具体的にはどうするんですか？」

「それは現状を把握してからかな。ゼニスちゃん、シェルジュ。あなたたちは書類のチェックを。ここで何をどれくらい作ってるのか、コスト、作業時間を調べてちょうだい」

エルフのゼニスちゃん、メイドのシェルジュがうなずく。

「トーカちゃんとダフネちゃんは工房内の大掃除をお願い。ちーちゃんも手伝ってあげて」

「心得た！」「はいなのです！」「ぐわー！」

火竜人のトーカちゃん、ラビ族のダフネちゃん、地竜のちーちゃんがうなずく。

「……セイさまは何をなさるおつもりですか？」

「ま、とりあえず従業員たちが現状手をつけてるお仕事を、ぱぱっと終わらせとくわ。はい、じゃあみんな。行動開始」

「「了解……！」」

奴隷ちゃんズとメイドが部屋を出ていく。

残った私はこの作業場をぐるりと見渡す。

「今は何を作ってるのかしら……っと」

私は作業テーブルの上を見やる。

一本の剣が置いてあった。持ち手の根元には、円形の穴がくりぬいてある。

「なるほど、魔法付与された剣を作ってたのね」

テーブルの上には加工された魔力結晶が置いてあった。

魔力結晶。魔物の体内や、ダンジョン内部から採取される特別な結晶。

これに魔法を付与して、剣や道具にくっつけることで、魔法付与された道具、つまり魔道具になるというわけだ。

全部の魔道具がこの作り方されるわけじゃないけど、一番簡単なやり方が、この魔力結晶を用いた付与である。

「それにしても……ひっどい出来ねぇ……」

加工された結晶は、表面がひび割れてたり、でこぼこしていた。

魔力結晶は球体状に加工するのが、最も効率よく魔法を道具に伝えるというのに。

これじゃたとえ魔法を付与しても、その魔道具は十全に効果を発揮しないじゃないのよ。

「SOPとかないのかしら……？」

SOP（Standard Operating Procedures）とは、まあ作業するときの手順が書かれている説明書みたいなもの。

これを読めば誰でも作れる、という基準となるものが……どこにも見当たらなかった。

「現場にＳＯＰが置かれてないとか……。ゼニスちゃんたちに探させてるけど、これはそもそも作ってないな」

アホかと言いたい。適当な技術指導ですぐに現場にほうり出しても無意味なのに。困るのは指示を出してる上のやつらじゃないか。

下の人たちの苦労をきちっと理解して育てないと、いずれ現場は破綻する。そんな単純なこともわからないなんて……！

現場を理解しない上司は全員ぶっころ……おっと、社畜時代のブラックな私が顔を出すところだった。

「やることは決まったわね。しぇｒ」

「なんですか、マスター？　以上」

「うぉ！　どっから生えてきた！」

「呼ばれると思って。以上」

言われる前から行動できて一流とはよく言うものの、いきなり来られたら驚くってば……。

ま、いいけどね。

「シェルジュ。書類の整理はゼニスちゃんに任せて。あんたは私の助手」

「かしこまりました」

「あと加速ポーションを出して」

シェルジュがストレージから新しいポーションを取り出す。

加速ポーション。飲めば何倍ものスピードで動くことができる。

通常は戦闘とかで使う物なんだけど、私の場合は、大量の仕事を一気に終わらせたいときに使う。

瓶の蓋を取って、加速ポーションを飲む。

「んぐんぐ……ぷはぁ！　さぁ……て、やりますか！　ついてきなさいよ、シェルジュ！」

私の思考、そして手が超加速する。魔力結晶の加工。魔道具の成形。さらにＳＯＰの作成。

シェルジュは私が欲しいと思った物を、欲しいと思ったタイミングで、私の前に置いてくる。

さすがロボメイド。加速してる私の動きにもきちんとついてきているわ。

☆

三時間くらいが経過したところで、一人の従業員さんがふらふらと、仮眠室から顔を出す。

純朴そうな顔つきの男の子だ。

「あ、あのぉ……」

「あ、おはよ。もっとゆっくり寝てていいのに」

「は、はあ……あ、あの……あなたは……」

どうやら彼は事情を理解してなさそうだ。

ま、そりゃそっか。

「私はセイ・ファート。旅の錬金術師よ」

「は、はあ……。その……セイさまはここでなにを？」

「魔道具を作ってたわ。発注があったやつ」

くわっ！　と彼が目を見開く。

さぁ……と顔が青くなった。

「そ、そうだ！　しまった！　今日納品の魔道具がまだたんまり残ってるんだった！　寝てる場合じゃなかったー！」

「落ち着いて。全部完成してるから」

「え？」

私が作った魔法付与の剣を彼に手渡す。

しげしげと彼はそれを見て……目を剝く。

「す、すごい……なんだ、この完璧な付与。魔力伝導率が桁違いだ。これなら……」

彼は作業台の上に転がっていた鉛筆の上に、剣を置く。

すとん……と切れた。

テーブルごと。

「な、な、なんだこれ⁉　こ、こんなすごい付与……初めて見た！」

「そう？　ただ注文通り斬鉄を付与しただけよ」

「斬鉄は切れ味が少し上昇するだけの付与ですよ⁉　こんな、力も勢いも込めてないで、鉄の作業テーブルが切れるものじゃない！」

あら？　斬鉄って文字通り、鉄をも引き裂く切れ味を付与する魔法じゃなかったかしら？

「マスター。ここは技術力が衰退した未来です。斬鉄の効果も五〇〇年前とは異なります」

ああ、なるほどね……。

彼は斬鉄が付与された剣を恐る恐る鞘(さや)に戻して、私の前で頭を下げる。

「失礼いたしました！　すごい魔道具師さまとは知らず！　この剣、お見事でした！　こんな素晴らしい魔道具は初めてです！」

まあ注文に応えられたみたいでよかったわ。

でも、一つだけ忠告しておかないと。

「あのね君、名前は？」

「テリーです！」

そう、ここはね、言っとかないとね。

「私は魔道具師じゃないわ。錬金術師よ」

テリー君は、ぽっかーんとしていた。

なんで？　魔道具作成も錬金術師の仕事なのに……。

☆

魔道具師ギルド蠱毒の美食家を乗っ取……んん！　責任者交代した私。

テリー君以外の従業員たちが、眠りから覚めて、ぞろぞろと作業場へとやってきた。

「はいはい、こんにちは。私はセイ・ファート。今日から現場責任者になりました！」

従業員たちが困惑してる。それは仕方ない。急に責任者が交代したんだからね。

テリー君が、私が付与を施した剣をテーブルの上に置く。

「みんなこれを見てくれ！　セイさんが作った魔道具だ」

従業員たちが剣を見て歓声を上げる。

「なんと見事な付与！」「こんな美しく加工された魔核を見たことがない！」「こ、これをあの女性が一人で……？」

みんなが私を見てくる。

「まぁね。あ、今日の納品分は全部作ってあるから安心してちょうだい。シェルジュ」

剣の入った木箱を荷車に載っけて、メイドロボのシェルジュがみんなの前にやってくる。

従業員たちは蓋を開けてまたも驚愕していた。

「す、すごい……！　絶対に終わらないって諦めてたのに！」

「我らが寝てる三時間の間に、魔道具を全部完成させるなんて……！」

私は手を上げて言う。

「あ、三時間もかかってないわよ。残りの時間はＳＯＰを作成してたわ」

「「え、えすおーぴー？」」

やっぱり手順書の存在を知らなかったようだわ。何をやってるのかしらね、上の人たちは。テキトーな指示だけ出してあとは現場に丸投げとかなめてるのかしら？　できるようになるまで育てるのも、サラリーの一部ではないのですかね……（びきびき）。

「ようするに、誰でもこれを見れば魔道具を作れるよう、手順の書かれたテキストのことよ」

みんなが不安そうな顔をしている。

「いや、さすがにそれは……」「セイさんじゃないと、ここまでの物は作れませんよ……」「あなたがすごいだけでは……？」

「そんなことないわ。テリー君。これを使ってちょっと魔道具、作ってみてくれない？」

彼を指名したのは、ここに来て初めて知り合った作業員だからだ。

テリー君はあっさりとうなずいて、私からＳＯＰを受け取る。

ぺら……とテキストを開くと、彼は目を見開いた。

「す、すごい……！　なんて読みやすくわかりやすいんだ！　魔法の映像がついてて作業しやすいし……これなら！」

テリー君が作業テーブルの前に座る。

魔力結晶を手に取って、手順書の通りハンマーで割って、ヤスリがけする。

何も難しいことはない。手順書の内容通りに作業するだけなのだ。

ほどなくして魔核が完成。

「す、すごい！」「セイさんが作られた魔核と同じだ！」「まさかこんな短時間で作れるなんて！」

おお……と作業員たちが歓声を上げている。

「一〇分か。うん、まあ最初にしては上出来ね」

「ありがとうございます！　ちなみにセイさんはどれくらいでできるんですか？」

「そうねぇ……」

私は魔力結晶を手に取る。一瞬で形が球形へと変わる。

「こんなもんかしら。シエルジュ、今何秒かかった？」

「〇・五秒です。以上」

「「…………」」

あれ？　みんなが驚いてる……というか、若干引いてる!?

「マスターがあまりに異次元の加工をしたので、みな戸惑っていると思われます。以上」

「あ、そうね！　ごめんね！　でもみんなも頑張れば、ハンマーで割るとかヤスリがけするとか、そんな作業しなくてもできるようになるわ！」

さっきやったのは錬金の技術の初歩だからね。

「あのぉ……セイさん。それはセイさんが特別に優秀だからではないのですか？　我々のような凡人が、セイさんと同じ領域に立てるとは、どうにも思えないのですが……」

あらら、作業員さんたちみんな、同じような顔をしちゃってるわ。これはいけない。

「錬金術は神の奇跡なんかじゃなく技術なの。必要なのは技術を習得するという気概、正しい練習方法、そして練習時間。そうすれば、誰だってこれくらいはできるようになるわ」

これは別に気休めでも何でもない。

錬金術に限らず、技術は誰でも習得できる、再現性のあるものだからね。

「セイさん……いや、セイさま」

「な、なにテリー君……急にさまづけなんて……」

「感動いたしました！　セイさまのお言葉に、すごく……すごく！　勇気づけられました！」

テリー君ほか、作業員たちがみんな笑顔になった。

さっきまでの落ち込んでいた彼らはもういない。

その瞳にはやる気の炎が宿っているわ。

「どうか無知なる我らに、あなたさまの素晴らしい技術をお教え願えないでしょうか！」

「「「お願いします、セイさま……！」」」

正直、ＳＯＰだけ作ってさっさと出ていくつもりだった。手順書の中に、瘴気を発生させない魔道具の作り方を盛り込んだしね。

でも……あのやる気のある目。ありし日の私と……同じ目をしていた。

ちょっとうれしくなっちゃうじゃないの。

「いいわ。技術指導してあげる」

「「「おお……！　ありがとうございます……！」」」

ちょっと遠回りになっちゃうかしら？

けど公害問題を解決するためには抜本的な解決策が必要だもの。

彼らに正しい知識と技術を授けた方が、公害の発生は止まると思うのよね。ちょっと時間と手間はかかるけれど。

こうして私はギルド作業員たちに向けて、技術セミナーを開くのだった。

☆

セイが従業員たちに指導し始めてから、しばらく経ったある日。

一人の中年男性が森の中を歩いていた。

アブクゼニー。かつて工房の現場責任者だった男だ。

「ちくしょぉお……わしにこんなことしておいて、ただではすまんぞぉ〜！」

彼は先日、突然訪れた旅の女商人セイから、暴行を受けたのだ。

現場を見たいというから見せただけなのに急に憤り、その配下の奴隷に命令して、強烈な拳の一撃を食らわせてきたのである。

森の外まで吹っ飛んだアブクゼニーは重傷を負った。通りかかった冒険者に保護され、近くの町の治療院で手当てを受け、今に至る。

一緒に多額の金が降ってきたのだが、そんなものはどうでもいい。きちんと着服したが、どうでもいい。

「あの女……わしにたてつきよってぇ！」

アブクゼニーは女を下に見ているところがあった。やられたのが相当悔しかったのか、意趣返しするため、この工房へと舞い戻ってきた次第。

「ぶち殺してやる……おぼえてろよぉ！」

彼はギルドへ戻るなり、声を荒らげる。

「おい！　わしが帰ってきたぞ！　誰か迎えんか!?」

すると近くを通りかかった従業員が、アブクゼニーを見てぎょっとする。

「あ、アブクゼニー……さん？　なんで……？」

「なんでとはどういうことだ？　ここはわしの工房だぞ！」

「え、い、今は……セイさまが現場責任者ですが……」

「なにぃい！　あの小娘が責任者だとぉ！」

アブクゼニーは憤る。勝手に工房を乗っ取られたことが、許せなかったのだ。

「おいあの女はどこにいる！　会わせろ！」

「セイさまは森の浄化作業に向かわれて、お昼前にならないと帰ってきません……」

「ふんっ！　しかたない、では待つか。ところで……おい貴様！　魔道具はどうなってる！」

そう、しばらく、現場責任者であるアブクゼニーがいなかったのだ。

さぞ、現場は混乱していることだろう。ひょっとしたら、魔道具が期日までに納品できずにいるかもしれない。いいや、そうに違いない。だって自分がいなかったんだから。

「あ、それでしたら……」

「どうせ間に合わなかったんだろう！　このグズどもめ！」

従業員が不愉快そうに顔をしかめる。

そんな態度が、アブクゼニーは気に入らなかった。

「何だその顔は！　わしがいなければ仕事もできんゴミのくせに！　わしがいないから期日までに商品が作れんかったのだろう？　わしの信用が落ちたら……」

「作りました」

「どうする……え？　つ、作った？」

「はい、期日通り魔道具を作成し、きちんと納品しました」

そんな馬鹿な……とアブクゼニーは従業員の言葉を信じられなかった。

だって一番偉い、責任者の自分がいなかったのだ。現場が回るはずがない。

「セイさまがいらしたので。あの方が全部一人で作ってくださりました。また、あの方の指導のおかげで、もう来月分までの魔道具をすべて作成し終えています」

「う、嘘をつくな！」

「嘘ではありません。見てみますか？」

「当然だ！　案内しろ！　どーせ、ひどい有り様なのだろうがなぁ……！」

だが……。

「な、なんだこれは……!?」

アブクゼニーは作業場の中を見て、驚愕の表情を浮かべる。

今までの作業場とは、まるで別の工房のようになっていたからだ。

以前は掃除も整理整頓もされていなかったが、今はきちんと片付けがなされ、掃除が行き届いている。

薄暗かった部屋の中には日が差し込んでいる。

また、作業員たちの数が少なかった。以前の三分の一の人数しかいない。しかも、働いてる者たちはみな笑顔だ。

従業員たちの目の下にあったクマはなく、談笑しながら、休憩を取っている。

「なんだこれは……残りの作業員どもはどうした!?」

「今日は非番ですよ。現在はシフトを組み、交代制で作業をしております」

「なっ!?　そんなことしたら納品に間に合わなくなるではないか!?」

「問題ありません。見てください」

休憩を取っていた作業員の一人が、作業机の前に座る。

魔力結晶を手に取って、片手を結晶にかざす。

するとゆっくりとだが結晶が変形し出し、やがて球形……魔核へと変化する。

「なっ!?　なんだその技術はぁあああああああああああ!?」

魔核を作るのには普通、かなりの集中力と時間を要する。結晶を割って、ヤスリで削って丸くする……という手間がかかるはず。

だが今作業員はそれらをすべてカットし、ほぼ一瞬で魔核を作成していた。驚くほど短時間で（それでもセイには及ばないが）。

剣を加工して、魔核をはめ込むと、納品予定の斬鉄付与の剣が完成していた。

「し、信じられん……なんだこれは……夢でも見ているのか……」

アブクゼニーは大きなショックを受けていた。

従業員たちが使っていた技術は未知のもの。そして、自分ができない高度なテクニックを習得していたのだ。ただの作業員が、である。

しかも周りを見渡すとさっきの彼だけでなく、全員が同じテクを使った作業をしていた。

これなら、少ない人数で納品に間に合わせることも可能だろう。

「いったい……どうなってる……？　何がこの工房に起きたというのだ……」

「だから、セイさまのおかげですよ」

そこに現れたのはテリー。セイが最初に出会った従業員である。

彼は今、現場副監督として働いている。

「セイ……だと？」

「ええ、この改革はすべてセイさまお一人で実行なさったことです」

「あ、ありえん……貴様らグズは、わしがいなければなにもできんゴミの集まりだったじゃないか……」

はぁ……とテリーはため息をつく。

その態度からはアブクゼニーに対するリスペクトはまったく感じられない。

「ゴミはてめえの方だろ」

「なんだと……？」

「だってそうだろ。自分のことばっかで、下のやつらの気持ちなんて何も考えない。けれどセイさまは違う。おれたちのことを気遣ってくれる。いつも、おれたち現場で働く従業員の気持ちを汲んで、技術指導や、改革を行ってくれた」

「ぐぬ……」

びしっ、とテリーが指を突きつける。

「技術力、指導力……すべての点においてあんたは、セイさまに劣ってるんだよ」

……なにも、言い返せなかった。

現場責任者を入れ替えた途端、従業員たちのスキルが向上したことも、生産力が上がったのも事実。

アブクゼニーが無能だったという何よりの証拠。

「出ていけよ。あんたみたいな無能のクズの居場所なんて、ここにはもうないんだよ！」

「う、ぐ、ち、くしょぉおおお！　言いたいこと言いやがって！」

アブクゼニーは立ち上がると、テリーに殴りかかろうとする。

だが彼は強化ポーションを取り出して飲むと、アブクゼニーにアッパーを嚙ます。

ばごぉんん！　という大きな音とともにアブクゼニーが吹っ飛ぶ。

壁に激突し、ぐったりと倒れる。

「出てけ、ここはセイさまの工房だ。次無断で入ってきたら、ただではすまさないからな！」

テリーを含めて、現場の従業員全員から敵意のまなざしを向けられる。

圧倒的な疎外感を覚えた。

「うぐぐぅう……ううう……ぢくしょぉおお……」

アブクゼニーは悔し涙を浮かべながら、とぼとぼと去っていったのだった。

☆

魔道具師ギルド蠱毒の美食家での技術指導を開始してから、しばらく経ったある日の朝。

私はギルドの工房の前にいた。

「セイさま……！　本当に行ってしまわれるのですか⁉」

テリー君を含めて、この工房の従業員全員が私の前に立っている。

今日非番の子もいるというのに、こんな朝っぱらから、みんな私を見送るためにここへ集まっているそうだ。いい子たち……。

「ええ。上からよーやく、出頭するようにって命令書が届いたからね」

魔道具師ギルド蠱毒の美食家は、エルフ国アネモスギーヴの王都【ギーヴ】に本部がある。

そこの本部長から、現場責任者である私に、出頭命令が下ったのだ。

支部を勝手に乗っ取って、好き勝手やっていれば、上も黙ってはいられないだろう。

私としても、ギルド全体の改革を進めるためには、上の連中をぶっとば……こほん、説得

（物理）しなきゃいけないって思ってたところだもの。

ただ、さすがに本部に乗り込んでいきなり大暴れしたら、騎士とかが来て面倒だ。そこで私は向こうからこちらに来い、と言われるようになるまで待ったのである。

「お願いですセイさま！　行かないでください！　おれたちまだ、セイさまに教わってないことがたくさんあるんです！」

テリー君がそう訴えると、次々に従業員たちが私を引き留めようとしてくる。

「お願いしますセイさま！」「ここにずっといてください！」「おれたちにはあなたさまが必要なんです！」「どうか、なにとぞ！」

ううーん困った……。そもそも私、長居したくないのよね。自由気ままに旅がしたいから。エルフ国アネモスギーヴに来たのも、奴隷ちゃんの一人ゼニスちゃんの家族を探すため。その目的がまったく達成されていないままで、結構時間が経ってしまった。正直これ以上無駄な時間を取られたくないのよ……。

よし。

「まったく、あなたたちには失望したわ」

「「！」」

「私はあなたたちに、独り立ちできるだけの十分な知識と技術を授けたつもり。それが……なに？　まだ行かないで？　私が必要？　それってつまり、私の教育が不十分だったと……そう言いたいのね？」

「い、いえ……そんなつもりは……」

従業員たちがみな、焦って首を振っている。

うん、わかってる。そんなつもりはないってことはね。

でもここはあえて怒ったふりをする。

そしてキレて出ていく……みたいな感じにしたいので。

「セイさま……すみませんでした！　おれ……間違ってました！」

「もういいわ、こんな不出来な人たちのもとに……ふぇ？」

あ、あれ？　テリー君？　私の台詞の途中ですよ？　何途中で遮ってるんですか？

「みんな、セイさまはこうおっしゃってるんだ！『あなたたちにはもう十分な知識と技術を授けました。まだまだ私の足下にも及びませんが、それでもあとは自分たちの力でなんとかしなさい』と！　愛のある叱咤激励をしてくださってる、そういうことですよね!?」

「え、いや……」

「「「なるほど……！」」」

「ええー……」

単にあんまり長居したくないから、キレたふりして出ていこうとしただけなんだけど。

従業員たち、なんかみんな泣いてる……!?

「セイさま……おれたちの成長を促すために、あえて冷たく突き放すような言動を！」

「あ、いや……」

「わたしたちがセイさまのような立派な技術者になれると信じての、愛の鞭！」

「だからその……」

「「ありがとうございます、セイさま……！」」

「ええー……」

なんか知らないけど、めちゃくちゃ感謝されてる……！

「おねえちゃんやさしいのです！」「やはり主殿は女神のような慈悲深さをお持ちになられておられるな！」

ああ、ダフネちゃんとトーカちゃんまで感化されてるしっ。

ゼニスちゃんだけはドンマイみたいな顔してる……。ありがとう。

「マスター。そろそろ出発しないと、指定されてる昼前に到着できません。以上」

御者台に座っているロボメイドのシェルジュがそう催促する。

「さ、さらば……！」

なんかもういろいろ面倒だったので、私はさっさと竜車に乗る。

地竜のちーちゃんが走り出す。

「セイさまー！」「おたっしゃでー！」「さよーならー！」

……はあもう、めんどくさ。

やっぱり上に立つのってめんどくさくてしょうがないわね。

今回は成り行きであの子たちを教育したけど、しばらくティーチングはやめておこうかな。

だって別れるときに面倒だし。長くその場にとどまったせいで旅も止まっちゃうしね。

その後竜車は王都ギーヴへ向かって進んでいった。

もう少しで目的地に到着するかな、と思ったそのときだ。

「おねえちゃん！　人が、モンスターに襲われてるのですー！」

ラビ族のダフネちゃんが突然そう言う。この子、耳がいいから敵を事前に察知できるのね。

「大変でござるな！　主殿、もちろん現場へ向かわれますな!?」

「ええー……疲れてるから……」

「シェルジュ殿！　竜車の運転を代わってくだされ！　はいやー！　ちーちゃん殿！」

トーカちゃんが勝手に竜車の運転を代わってしまう。

ちょっ、どうして回避してって言おうとしたのに、それを遮って勝手にトラブルに頭をツッコもうとするのかしら!?

「トーカさまの中で、マスターが弱者を助ける聖女さまになってるからだと推察されます」

ま、まあ確かに……怪我人を知っておいて、放置したらそれはそれで寝覚めが悪かった……けども。

前に同じことがあって、旅を快適に続けるために、助けたことがあった……けども！

早朝から疲れることがあったから、今日くらいは回避してもー……って思ったんだけどね。

ま、いいけどさ……。

「見えてまいりました！　狼型のモンスター複数体に……あれは、騎士でござるかな！」

窓から外の様子をうかがう。

白いマントをつけた、鎧の騎士さまが、モンスター複数と戦っている。

かなり劣勢そうだ。騎士の鎧が血で濡れているし。

「はー……しゃーない。シェルジュ。魔除けのポーションを投擲」

シェルジュはストレージから私の作った魔除けポーションを取り出すと、正確にポーション瓶を投げつける。

続けざまに、銃を取り出して、空中で瓶を狙撃。

中身があたりに散布されると、モンスターは尻尾巻いて逃げていった。

「トーカちゃん。竜車を彼に近づけて」

「わかりました！　治療でござるな！　さすが主殿はお優しいでございますなぁ！」

これで怪我人ほっといていたら、トーカちゃんから失望のまなざしを向けられるようになるからねぇ。

それは嫌だから、ま、助けるわけさ。

☆

エルフ国アネモスギーヴの王都、ギーヴへ向かう道中。

一人の騎士がモンスターに襲われていたので、魔除けのポーションを投げてモンスターを追い払った。

竜車を彼のもとへ近づけ、私は荷車から降りる。後ろからはシェルジュが銃を片手についてきた。

護衛のつもりなのでしょうね。

「…………」

「あなた、大丈夫？」

樹にもたれかかっているのは、美しい金髪を持つ騎士の青年だ。

白銀の鎧、そして真っ白なマントを身につけてる。今はそのどちらもが血で汚れていた。

そして気になるのが、首からぶら下げているペンダントである。

十字架にまとわりつく蛇という、変わったペンダントだ。

「う……うう……」

彼はまだ少し意識があるみたい。ん？　青年にしては、声がちょっと高いわね。

背が高いので十代後半とかだと思ったんだけど、見た目より若いのかしら。

「あ、動かないで。今治療するから」

「……治療？」

「ええ。シェルジュ、ポーションを」

メイドロボのシェルジュが、ストレージからポーション瓶を取り出す。

蓋を開けて、彼に飲ませようとしたのだが……。

「……ぼくは、いい」

「え？」

「……それより……あの子を……」

彼が指さす先には、エルフの少女がいた。

彼女もまた血だらけであった。この騎士さまはこのエルフちゃんを守ろうとしたのね。

シェルジュはエルフちゃんに近づいて、体の状態をスキャンする。やがて、ふるふると首を振る。

「残念ですがお亡くなりになられてます」

「……そう、か」

ぽろぽろと彼が涙を流す。子供を守れなくて泣いてるのね。優しい騎士だこと。

「ま、大丈夫よ。それならそれでなんとかなるから」

「……なに？」

「それよりさっさと傷を治す。さ、飲んで飲んで」

彼が困惑している様子。死んで間もないなら蘇生も可能だからね。

さっさと蘇生してあげたいので、私は回復ポーションを彼にぶっかけた。

しゅぅぅぅ……と湯気を上げながら、彼の傷がみるみるうちに塞がっていく。

「……なんという、ことだ。怪我が一瞬で治った……」

「はいはい。じゃ、次はそこのエルフちゃんね。シェルジュ」

私はシェルジュから上級ポーションの一つ、蘇生ポーションを受け取る。上級ポーションは別名、魔法ポーションとも言う。発動には私の魔力が必要となる特別なものだ。

私は死んだばかりのエルフちゃんに蘇生ポーションをかける。

するとエルフちゃんの体が赤く輝いて……。

「う……うう……あれ……？　わたし……」

「起きた？　どう、気分悪くない？」

私はシェルジュから瓶に入ったただの水を受け取る。

これはポーションを作るときに必須の、ごくありふれた水だ。

エルフちゃんは水を飲んで、ぷは……と一息つく。

「おねえちゃんお水、ありがとう！　生き返ったようだわ！」

まあ本当に生き返ったんだけど……そこまで言わなくていいわよね。変に騒ぎ立てられたくないし。

私たちのやりとりを、騎士の彼がじっと見つめていた。

やがて立ち上がって、私の前でひざまずく。え？　なに？

「……助けてくださったこと、誠に感謝申し上げる。ただ……一つ、よろしいでしょうか？」

「え、なに？」

「……先日から、この近辺で白銀の聖女なる不審人物が徘徊(はいかい)してるのです。何か、知っていることはございませんでしょうか？」

「白銀の聖女ぉ～？　聞いたことないわね」

確かに私も銀色の髪をしてるけれど、聖女じゃないからね。

「……では、大変失礼を承知で質問しますが、あなたが白銀の聖女ですか？」

なぜそうなる……？

銀髪だから？　まあでも違うしな。

「違います。だって私、聖女じゃなくて、錬金術師だもの。あなただって見たでしょ、私が神の奇跡じゃなくて、ポーションを使って治療したとこ」

彼はしばらく考え込むと……。

「……なる、ほど」

と納得してくれた。よかったよかった。てゆーか、信じてくれたのってこの人が初めて？

大体の人って私が聖女じゃないって言っても信じてくれなかったような。

「……旅の錬金術師殿。ぼくだけでなく、少女の命まで助けてくださったこと、深く、感謝いたします」

「気にしないで、私がしたくてやったことだから」

「……おぉ」

なんか感動していらっしゃるわ。

私は単に気持ちよーく旅をしたいため、目の前で傷付いた人を助けただけ。これで死んだら寝覚め悪いじゃない？

「……とても高価なポーションでしたでしょう。ぼくの手持ちで、代金が足りるでしょうか」

そう言って彼が、腰につけた袋から、革袋を取り出そうとする。

私はその手を押しのける。

「あーあー、いいって。お金は結構よ」

「！　し、しかし……」

「別に金が欲しくてやった行為じゃないしね」

すると彼は、ぽろぽろと涙を流し出す。え、ええー……。

「しぇ、シェルジュ……私何かやっちゃったかしら？」

「むしろ何もしなかったときなど、旅を始めてから一度もありませんが？」

辛辣ねこのロボメイド。

「な、何泣いてるのあなた……？」

「……いえ、今まで生きてきて、貴女さま以上に素晴らしいお方には、出会ったことがありませんでしたので」

「は、はあ……そう。随分狭い世界に住んでたのね」

ま、治療も終えたし、女の子も助けた。もう用事はないわね。

私は立ち上がって、シェルジュと一緒に竜車へと戻ろうとする。

「……お待ちください」

彼が私の手を握ってくる。意外とぷにっとしてる手だわね、この子。

「……是非とも貴女さまに、お礼をしたいのです。どうか、我らの本部まで来ていただけないでしょうか？」

「嫌です」

「……え？」

「嫌よ。私、先を急いでるので」

私は彼の手を振りほどいて、竜車へと向かう。

お礼とかいらないし、どこの本部か知らないけど、私の旅の邪魔はしてほしくないわ。

というか、私は今、魔道具師ギルド蠱毒の美食家の問題に取りかかってる最中だし！

「……し、しかし！　貴女さまはこの世界に神が生み出した宝！　その力は我らが神の御許(みもと)で振る舞うのが一番いいに決まっております！」

「え、ええー……」

やだ……まさかこれ……。

怪しい宗教勧誘!?　ひぃ！　こわ！

「お願いします！　どうか一度我らの本部に……」

やばいやつじゃん！　これは……撃退せねば！

私はか弱い女子なのだ！

「シェルジュ、麻酔弾！」

「よろしいのですか？」

「いいの！　やっちゃえロボメイド！」

シェルジュがため息をつくと、ストレージから拳銃を取り出し、容赦なく彼の眉間に麻酔弾を叩き込む。それも三発。

彼はぐらりと体を傾けて、その場にぐったりと倒れた。

「……お、まち……くだ……さい……」

「こわ！　やばいやつらに見つかる前に、ずらかるわよ！」

「発言が完全に盗賊のそれです。以上」

こいつの所属する宗教団体のやばいやつらが、私に勧誘を仕掛けてくるかもじゃん！

逃げなきゃ！　勧誘なんてまっぴらごめんだもの！

私はモンスターに襲われてたエルフちゃんをとりあえず竜車に乗せて、その場をすたこらさっさとあとにしたのだった。

あー、やばいやつだったわー。もう二度と関わりたくないわね。

……でも、今思い出したんだけど、さっきの彼の身につけていた鎧とマント、そして首からぶら下げていたペンダント。

どっかで見たことあるのよね……どこだったかしら？

☆

セイがエルフ国アネモスギーヴの王都へ向かう一方、その頃。

Sランク冒険者フィライト、そして恋人の冒険者ボルスは人外魔境の地をようやく抜けた。

人外魔境を渡り終えたあと、一緒にパーティを組んでいた仲間と別れ、フィライトたちは南へと向かう。

その道中での出来事だ。

「フィライト。ちょっと休憩しようぜ。さすがに馬も疲れてるしよぉ」

「そうですわね。どこかで休める場所はないかしら？」

「旅人の話じゃよぉ……エルフ国は今やべえ状況らしいぜ」

人外魔境の地へ入る前に、あらかじめ情報を仕入れておいたのだ。

「なんでも国中で謎の病気が流行（はや）ってるって話だ」

「謎の病気……ですの？」

「ああ。肺や喉をやるやつが多いらしい。水とかが飲めないくらいに汚染されてるってよぉ」

「まあ……」

ボルスは警告する。

「聖女さまを探したいって言っても、命あっての物種だからよぉ？　ひきかえ……」

「聖女さまは素晴らしいですわ！」

は？　とボルスが目を点にする一方で、フィライトは続ける。

「これでセイさまがエルフ国アネモスギーヴに向かう動機がわかりましたわね！　窮地のエルフ国を助けるために向かわれたと……！」

フィライトはセイ信者なので、彼女のすることをすべて、好意的にとらえるのだ。

「こうしてはいられないですわ！　我々も早急にエルフ国へ向かいますわよ！　そこには大勢の困ってる人たちがいるはず！　わたくしたちも冒険者として、聖女さまのように、人の役に立つ活動をするべきなのです……！」

「いやぁ……やめておいた方がよくねえか……？」

セイたちと違って、フィライト一行は謎の病気に対する防衛手段を持ち合わせていない。

行ったところで、病気になってダウンする未来しか見えなかった。

それでもフィライトのセイに対するリスペクト、およびセイに会いたいという気持ちは強かった。

結局フィライトに押し切られる形で、エルフ国へと入国した、のだが……。

「こいつぁ……いったいどうなってやがるんだぁ？」

エルフ国には緑豊かな大森林が広がっていた。空気がよどんでいることもなければ、道中立ち寄った湖の水が汚染されてることもなかった。

「前評判と随分とちげえじゃねえか、どうなってやがんだ……？」

清らかなる湖のほとりで、休憩を取ってるボルスたち。

そこへ……。

「おや、旅人さんですか？」

エルフの少女が湖の水を汲みに、やってきたのだ。

彼女はララと名乗った。

「ああ、ララちゃん。おれらは旅をしてるんだが、ちょっと聞いていた話と違くてよぉ」

「ああ、なるほど……それは聖女さまが来る前の国の様子ですね」

「聖女さまですってぇぇ……！」

セイたちがエルフ国に向かったので、いつかは彼女と交流を持った住民と会えるだろうとは思っていた。

だが、まさか入ってすぐにセイを知る人物と会えるとは……。

「ええ。聖女さまは我らの村をお救いになられ、風のように去っていかれました！　この湖も昔は汚泥のようだったのに、聖女さまは一瞬できれいに浄化なさったのです！」

「やはり聖女さまの力は素晴らしいですわー！」

セイをものすごく信じているフィライトとは異なり、ボルスは素朴な疑問を口にする。

「しかしよぉ、なんで聖女さまは先にララちゃんたちの村に行かなかったんだ？　村人から頼まれて浄化ならわかるんだけどよぉ」

「フッ……やれやれ。そんなこともわかりませんの？」

「あ？　なんだよ。おめーにはわかるのかフィライト？」

「ええ、もちろん。聖女さまのことなら何でもわかりますわ！」

今のところ彼女の考察が当たっていたことは一度たりともない。

セイの真意を知るものはこの場に誰もいない。

「聖女さまともなれば、人に聞かずとも異変に気づけるものですのよ！　だってエルフ国が国内全域で病気が流行ってることも、ここへ来る前から知っていたのだし！」

セイがこの国を訪れたのは観光目的（いちおうゼニスの母親探しも兼ねてる）で、この湖に先に寄ったのは、水浴びがしたかったたから。

「セイさまはきっと困ってる人の声を聞く特別な耳をお持ちなのですわ！　はぁ〜……♡　素晴らしい……すてき……♡」

セイの実態を知らない彼らの中で、セイの評価がもうすさまじいことになっていた。

「旅人さまもそう思いますよね！　聖女さまはすごいお方なんです！」

「ええー……同調してるよこの子……」

ララは自分の村を救ってくれた、聖女のエピソードを語る。

その素晴らしさにフィライトが感動の涙を流していたそのときだ。

ぞく……！　とフィライトの背筋に悪寒が走った。それはボルスも同様だったらしい。

二人がララの前に立って武器を手に取る。

「ど、どうしたんですかお二人とも……？」

「やべえやつがこちらに来る……かなりの、やり手だ」

茂みをかき分けて現れたのは、金髪で、長身の騎士だった。

白銀の鎧に白いマント、そして首からは杖にまとわりつく蛇のペンダント……。

「！　て、天導教会の聖騎士じゃねえか！」

セイが出会って助けたこの人物は、この世界の治癒を司（つかさど）る巨大宗教組織、天導教会の一部、聖騎士だったのだ。

「なんで天導の聖騎士がここにいやがんだよ……！」

ボルスは現れた聖騎士に対して、敵意を向ける。それはしょうがないことだ。

基本、天導教会は人間に優しい。だがそれは、組織に属する人間に限った話だ。

通常の聖騎士たちは信者しか守らない。あとの人間はどうでもいいと切り捨てる。

自由がモットーの冒険者と、組織と信者の安寧のみを優先させる聖騎士とでは馬が合わないのだ。

とまあ冒険者からすれば評判のよろしくない聖騎士だが……。

それとはまた別に、フィライトたちが警戒する理由も存在する。

それはひとえに……聖騎士が強いからだ。

天導教会に所属する聖騎士たちは、聖なる力の加護を受けているためか、通常の冒険者より遥かに強いのである。

今も金髪の騎士からは異質なオーラが漂ってくる。木々がざわめき、湖面の水が振動している。

「なん、ですの……あなたは」

すると金髪の騎士は口を開く。

「……すまない。人を探しているんだ。危害を加えるつもりはない」

聖騎士がオーラを引っ込める。まだ完全に警戒を解くわけにはいかないが、いちおう戦う意思はなさそうだ。

「人探し……ですの？」

フィライトたちもさっきよりも警戒レベルを少しだけ下げる。

「……ああ。きれいな長い髪で、ものすごいポーションを使うんだ」

「！　それって……」

フィライトたちの脳裏にセイの姿が映る。

すぐさま彼女の名前を口にしそうになって、やめた。

フィライトも馬鹿ではない。相手は天導教会の聖騎士なのだ。

彼らは組織の人間と信者のみを第一に優先する。

セイは天導教会に所属しない聖女だ。となれば、教会側が敵視しているかもしれない。

聖女の奇跡は天導が独占するものなので、セイの存在は許されない、という理屈だ。

「その方を探して、何をなさるつもりなのですか……？」

事と次第によっては、ここで剣を交えるつもりだったのだが……。

「……好きに、なってしまったのだ」

「「は……？」」

あきれかえるフィライトたち。

一方で金髪の騎士が頬を赤らめながら言う。

「……ぼくはあのお方のことをいっとう好きになってしまったのだ。強く、優しく、かっこいい……まるで聖母のようだ。彼女を愛してしまったのだ……！」

もしそれが本当だとしたら、天導教会に所属しない聖女、つまりはターゲットであるセイを好きになったことになる。

「……あの人を探し出して、愛を告げたい……！　だから探してるのだ……！」

「そ、そっか……ちなみにあんた、どうするんだ。その人探して、自分の子を産んでほしいとか言うのか？」

「……それは無理だ。ぼくは女だ」

「はぁっ!?　お、女ぁ……!?」

確かに中性的な顔つき、そして声をしている。

線は細く、なるほど女と言われると納得のいくビジュアルをしていた。

「お、おまえの探してるやつは女なんだろ？」

「……ああ。だが愛に性別は関係ない。彼女に出会って理解したんだ。本当に愛するこの気持ちに、男も女も関係ないと……！」

よくわかった。やべえやつだ。ボルスは思う。あまり近づかない方がいいなと。

「おいフィライト。さっさと離れようぜ……」

しかし……。

「わかります！　わかりますわ！」

「ええー……まさかの同調してる……」

フィライトもまたセイを敬愛してるため、そこにシンパシーを覚えたのだろう。

「貴女、よろしければわたくしたちとともにあの方を追いませんこと？」

「……いいのか？」

「もちろん！」

……こうしてボルス一行に新たなる旅の仲間が加わったのだった。

「ちなみに、あんた名前は？」

「……ぼくか？　ぼくはウフコック。聖騎士のウフコックだ。よろしく」

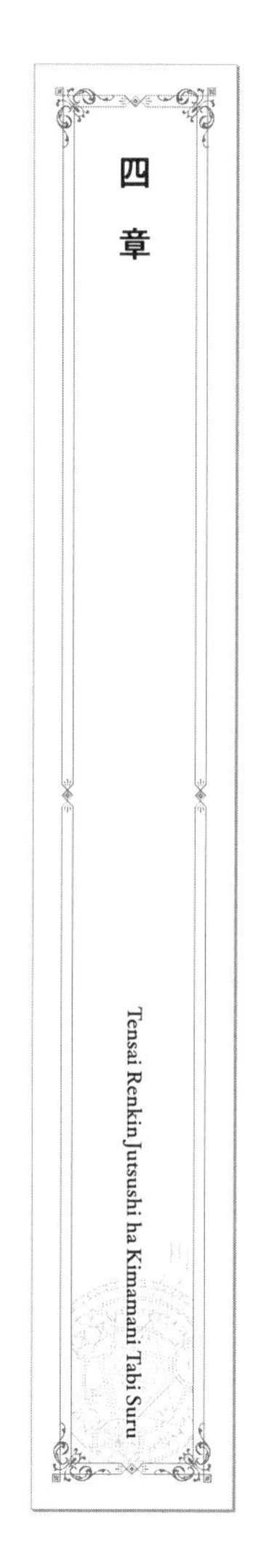

私たちはついに、エルフ国アネモスギーヴの王都ギーヴへと到着した……んだけど。

「あら、意外と普通ね。もっと瘴気の影響受けてるのかと思ったけど」

エルフ国は魔道具師ギルド蠱毒の美食家がもたらした公害のせいで、大気、水質、土壌汚染が発生していた。

空気はよどんでいて、水も飲めず、森の恵みも得られない状況だった。

しかしこの王都ギーヴは違う。

森の中にある街って感じ。大木が立ち並び、そこの上にみんな建物を作ってる。ツリーハウスっていうのかしら？

「……おそらくですが、作業する工房が王都にはないのでしょう」

「あ、なるほど。工房がないから瘴気が発生しない。だから王都は無事ってことなのね。ゼニスちゃんかしこーい」

奴隷エルフのゼニスちゃんの頭をなでる。

けれど彼女の表情は浮かないままだ。

それはそうだ。ここはかつて彼女の住んでいた街。クーデターを起こされ、家族は離散した。

そのつらい過去を思い出しているのだろう。

哀愁の漂うその背中を見ていられず……。

私はぎゅっ、とゼニスちゃんを後ろからハグしてあげる。

「セイさま……？」

「大丈夫。つらい日々は、より楽しいことで上書き可能よ。今の私のようにね」

上司からパワハラ受けていたあの日々を思い出すことが、最近少なくなってきた。

妹たちと楽しい旅を続けているからだろう。

「そんな暗い顔しちゃだめよ。過ぎた過去にいつまでもとらわれていても無意味なんだから」

「……そう、ですね。もう起きてしまったことは、変えられないです」

「そ。だから今を、そして未来を見据えていきましょう」

私はぎゅーっとゼニスちゃんを抱きしめる。

大人びた彼女だったけど、涙を流していた。

しばらくハグしてると心が落ち着いてきたみたいだ。

「……ありがとうございます」

「あなたは大事な仲間ですもの。つらかったらいつだってお姉ちゃんがハグしてあげるわ！」

「……そ、それはちょっと恥ずかしいです」

ダフネちゃんがにこにこーっと黙ってこっちを見ていた。

「……あ、あの、セイさま。ところで、これからどうするんですか？」

「んー。ま、とりあえず魔道具師ギルドへ行って、偉い人を説得かしら。このままの工房の運用方法を続けると、いずれ国が破綻するから、やり方を変えましょうって」

「……素直に聞いてくれますでしょうか。支部の責任者だったアブクゼニーとは違って、今から会うのはギルド本部長ですし」

「まー、そんときは説得（物理）よ」

こっちにはトーカちゃんもメイドロボもいるからね。

「……あまり、荒事を起こさない方が」

「わかってるって。お尋ね者になんてなったら、旅が楽しくないもんねー」

☆

「どうしてこうなった……」

私とシスターズ、そしてロボメイドの五人は現在、王宮の地下牢（ちかろう）に捕らえられている。

魔道具師ギルドの本部に出頭したら、そのまま騎士に取り押さえられてしまった。

転移ポーションとか使えば楽々逃げられただろう。

しかし妹たちを真っ先に押さえられてしまった。

抵抗すると、私の大事な仲間が殺されてしまう。

仕方なく騎士に従い、こうして地下牢へとぶち込まれた次第。ちくしょうおぼえてろよ。

「私が何したっていうのよー！　出せー！」

奴隷ちゃんズとメイドロボはそれぞれ別の牢屋に入れられている。

魔力ポーションはシェルジュが持っているため、ここからの脱出は無理だ。

ポーションがなければタダの一般人なのよ……。

「く……くく……久しぶりだなぁ、女ぁ……！」

鉄格子の向こうに現れたのは、嫌な顔をしたおっさん。

「げ、アブクゼニー……なんであんたがここに？」

アブクゼニー。かつてテリー君たちのいた工房を仕切っていた、クソ上司だ。

「決まってるだろぉ、復讐さ！」

「はぁ？　復讐？　私何かやって……」

……やったわね。うん。

空の果てまでぶっとばして、工房を乗っ取ったわ。うん。

「貴様はここで処刑されるのだよ！」

「はぁ、処刑？」

「そうだ！　勝手に工房を乗っ取り、我らの商売の邪魔をする貴様を排除せよとの、【森の王】からのご命令だ！」

「誰よ、森の王って」

「現エルフ王のことだ！」

「？　なんでエルフの王様が、あんたらに味方するわけ？」

「陛下は我らと友好的な関係を結んでいるからなぁ……くくく！」

ははあ、なんとなーく話が見えてきた。

要はエルフ王とこの魔道具師ギルドは、グルになって商売してるんだ。

新しいエルフ王……森の王は国中に工房を作らせ、その利益を得る。国民が公害で苦しもうが知ったことじゃない。

なぜなら新しい王は、元々住んでいたエルフたちに何の愛着もないからね。

「くそオブくそじゃないのよ」

「威勢のいいガキだ。どうだ？　今ここで泣いてわびるようなら許してやってもいいぞ？　ただし、わしの下で一生、奴隷のようにこき使われることが条件だがなぁ……」

あー、だめだ。

もー、だめだ。

我慢できなぃ。私こういう、自分の利益のために他人を利用するやつが、いちっばん嫌ぃ！

ならばどうする？　簡単よ。

私はしゃがみ込む。床に手を置いて、必要な物を集める。

じめっとしてるので……あった、このコケと。あと必要なものは大気中から成分を抽出して。

「おお、なんだぁ？　土下座かぁ？」

「いいえ、違うわよ」

私の手には必要な物がそろってる。

それを思いっきり、こすり合わせる。

かっ……！　と激しい光が発生した。

「うぎゃぁあああ！　目が、目がぁあああああああああ！」

ありあわせの素材を、錬金を使って加工し、即席の閃光弾（せんこうだん）を作ったのだ。

私はすぐさま鉄格子に手を当てる。

「錬金」

ぐんにゃり、と鉄格子がゆがむ。

私はすぐさま外に出て、アブクゼニーを牢屋にぶち込むと、鉄格子を元の形に戻す。

「なっ!?　なぜわしが牢屋の中に!?　き、貴様！　どんな手品を使ったのだ！」

「手品じゃないわ。錬金術よ」

物質を別の物質へと変える。それが錬金術。

これを応用することで、金属の形を自在に変えることも可能。

「閃光弾であんたが目をくらましてる間に、ちょろっと牢屋の外に出させてもらったわ」

「くそっ！　おい誰か！　脱獄だ！　犯罪者が逃げるぞ！」

「逃げる？　はんっ！　そんなことするもんですか！」

私は逃げも隠れもしない。

国王がくそオブくそなやつなら……。

「私が直接、森の王とやらのもとに出向いて、説得（物理）するまでよ！」

☆

私ことセイ・ファートは気ままに旅する錬金術師。

シスターズの一人、エルフのゼニスちゃんの故郷へとやってきた。

が、そこで私利私欲のため弱者を利用、無理矢理働かせるくそオブくそのエルフの王こと、森の王に捕まってしまう。

私は脱獄し、このゴミ……もとい、森の王に制裁を加え……もとい、説得することにした。

「おねえちゃん！」「主殿！」「……セイさま！　無事でしたか！」

奴隷ちゃんズは離れた場所の地下牢に収監されていた。

わっ！　とみんなが私に抱きついてくる。

「ぶじでよかったのですぅ～……」

「それはこっちの台詞よダフネちゃん。よかったみんな無事で」

脱獄した私は地下牢を歩き、こうして彼女たちの居場所を探しあてたのだ。

「しかしよく我らの居場所がわかりましたな。この牢屋かなり広いでござろうに」

「魔道具を使ったのよ」

「ふむ？　しかし捕まったときに我らの荷物は没収されたような？　いつの間に魔道具を取り返したのでござるか？」

「ああ、違う違う。即興で作ったのよ」

目玉のついた羽虫みたいな物体が、私の周りを飛び回っている。

「こ、これはなんでござるか？」

「名付けてトローン。魔力を込めれば自動で動いて、周辺の探索を行い、目当ての物を見つけると場所を教えてくれるの」

「おお！　なんだかよくわからぬが、すごいでござる！」

なんだかよくわからなくても褒めてくれる、トーカちゃんが好きよ私。

ゼニスちゃんが目を剝いてる。

「……す、すごい。これがあればダンジョン探索も容易になるでしょうし、周囲を警戒させて不意打ちを防ぐことができる。なんてすごい魔道具」

ゼニスちゃんはやっぱり頭がいいわねぇ。かしこかわよ。

「……魔道具を動かす魔核はどうしたのですか？」

「え、そんなの大気中の微粒子瘴気を集めれば作れるでしょ？　そこらにあるんだし」

「…………」

「あれ？　どうしたの、ゼニスちゃん？　そんなあんぐり口を開けちゃって」

「……いえ。そんなことができるのは、セイさまくらいだと感心しまして」

まあ何はともあれ私の大事な妹たちが無事でよかった。

じと目で、シェルジュが近づいてきて言う。

「マスター。私も捕らわれておりましたが？」

「あんたは死なないでしょうが……可愛いこの子たちと違って」

不服そうに少し頬を膨らませるロボメイド。人間かな？

さて、と私は気を取り直して彼女たちに言う。

「みんなはシェルジュと一緒に、ちーちゃんと合流して、外に出てちょうだい」

私の竜車とそれを引く地竜のちーちゃんもこの城のどこかにいる。

荷物はまあなんとかなるが、ちーちゃんは掛け替えのない旅のお供の一人だ。

「はいなのです！　だふねがちーちゃんの鳴き声をたどって、見つけるです！」

「おおさすがラビ族。耳がいいわね。で、みんなで外出たら、ゼニスちゃん、魔法で合図して」

ゼニスちゃんには師匠の工房で、魔法を伝授したので、ある程度の呪文は使える。

「……セイさまは？」

自分たちを逃がしておいて、一人だけ残ろうとしている私に、ゼニスちゃんが不安そうな顔をしている。

あー……優しい子ねえ。

「あなたたちを逃がすために、犠牲になるとか、そーゆーかっこいいあれじゃないから」

え？　とゼニスちゃんが本気で驚いていた。まあそう考えるのよねえ、この子優しいからさ。

「……で、では何を？」

「んー……そうねえ、ま、簡単に言うならそう……」

ゼニスちゃんと目が合って、ぱっと言葉が思い浮かんだ。

にっ、と私が笑って答える。

「クーデターよ！」

☆

さてゼニスちゃんたちが逃げる隙をどうやって作るか。

ちょっと考えて私は作戦実行に移る。

「こんにちは、そこの捕まってる囚人さん」

「だ、誰だね君は……」

そう、ここは地下牢。罪人の捕らえられている場所だ。

私たちだけが捕まってるわけじゃない。他にも同様に、何らかの罪を犯した人たちが入っていた。

「旅の錬金術師よ」

「はあ……」

近くの牢屋の中に入っていたのは、結構ダンディなエルフさんだった。

りりしい顔つきと知性の宿った瞳からは、とてもじゃないが犯罪者だとは思えなかった。

ま、今は誰がどんな罪を犯そうがどーでもいい。

「ちょっと手伝ってくれるかしら？　ここから脱獄を考えてるの」

「だ、脱獄!?　無理だ、この牢屋は神威鉄でできており、抜け出すことなど……」

私は鉄格子に手を置いて、錬金を発動させる。

するとぐんにゃり、と格子が曲がって人一人通れるような穴が開いた。

「…………」

「協力してほしいんだ。ここから安全に抜け出すためには、人手がいるの。もちろん一生ここにいたいっていうなら、別にいいけど」

犯罪者を外に出すのって大丈夫なの？　って思ったけどそもそもの犯罪者が玉座に着いてる時点で、良心の呵責(かしゃく)なんてものは起きやしない。

私がしたいのは場内で混乱を起こすことだからね。

騒ぎに乗じて私の大事な奴隷ちゃんたちを外に逃がすのが目的なの。

すると捕まっていたダンディエルフさんが、「なるほど……」と何かに納得していた。

「微力ながら、協力させていただきます」

「助かるわ。ええとあなた……」

「ロビンです」

「ロビンさん。このポーション使って、他に捕らわれてる人たちを逃がしてあげてちょうだい」

シェルジュにストックさせてあった、ポーション瓶の一つを、ロビンさんに渡す。

「これは何かな？」

「溶媒液よ。どこにでもある」

「溶媒……何かを溶かして使うときの、液体かな」

「そうそう。これをちょろっとかけると……」

さっきロビンさんが出てきた牢屋の鉄格子に、溶媒液をかける。

どろっどろに格子が溶けて何もなくなった。あとには水たまりだけが残る。

「ね？」

ぽかんとする連中をよそに、シェルジュがツッコミを入れる。

「マスター、完全にドン引きしてます」

「え、ええ!?　なんで!?　ただの溶媒液じゃない！」

「どう見ても溶解毒です。以上」

魔法ポーションを作る際には、いろんな素材を溶かす必要がある。

この特殊な溶媒液には、あらゆる物を溶かす効果があるのだ。

ようは魔法ポーションを作るときの大事な薬液の一つ。

それを溶解毒ですって？　失礼しちゃうわ。

「す、すごい……神威鉄をも溶かす、魔法の水だ」

「魔法でも何でもなくて、錬金術だけどね。このメイドにたくさん溶媒液を持たせてるから、捕まってる人たちをこれで解放してあげて」

「承知した。ありがとう、美しき救世主殿」

聖女の次は救世主ときたか……。

私、錬金術師なんだけどね。

「それじゃなるはやでよろしく。私は次の仕込みしとくから、ここは任せた……！　アデュー！」

私はシスターズをシェルジュとロビンさんに任せて、その場をあとにしたのだった。

☆

セイが脱獄計画を着々と進めている一方……。

エルフ国の王城、その玉座に座る一人の男がいた。

筋骨隆々、上半身裸。

左右にはエルフ女を侍(はべ)らせ、頭には王冠をかぶっている。

彼の名をサザンドーラといった。

「森の王！　ご報告があります！」

「あーん……？」

エルフの兵士が一人、サザンドーラの前に現れる。

だが彼は不機嫌そうに顔をゆがめると、指をくいっと曲げる。

「がっ……！」

突如として兵士が苦しみ出した。

何をされているのかわからない。

ただ、誰かに後ろから首を絞められている。そんな……感じがした。

「俺さまが子猫ちゃんたちと楽しくやってるのによぉ、なーに邪魔してくれちゃってんだぁ？　ごら？　ああ？」

「も……じわげ……ござい……ません……森の、王……がはっ！」

首絞めが解かれて、兵士がその場で咳き込む。

後ろを振り返るが誰もおらず、兵士は誰に何をされたのか結局わからずじまいだった。

ふん……とサザンドーラは鼻を鳴らすと、地べたを這いつくばる兵士を見下ろしながら言う。

「で？　なんだ」

「げほ……捕らえた女が脱獄したと、アブクゼニーさまよりご報告がありました」

「なに？　おいアブクゼニーを連れてこい！」

セイによって牢屋にとじこめられていたアブクゼニーが、部屋の中へと入ってくる。

「おい何があったのだ！」

「も、申し訳ないです……我がギルドを乗っ取ろうとしていた不届き者を捕らえて、王の前に連れてこようとしたのですが、逃げられてしまいました」

「ちっ……！　どこの誰だ、俺さまの成功への道を邪魔するバカ女は」

「不可思議な術を使う女でした。従業員たちの心を惑わし、掌握したのも、きっとその術を使ったからです」

断じて否である。

彼らは別に魔法によって操られてなどいない。

セイの人柄、そして技術者としてのその卓越した錬金術の腕前に、ほれ込んだだけである。

権力を振りかざし、自分の言いなりにしていたアブクゼニーとは大違いだった。

さて、サザンドーラがなぜアブクゼニーに命令し、セイたちを捕らえたのか？

彼は国を乗っ取り、この豊富な資源を使って魔道具師ギルドを作り、大成したのだ。邪魔をされては困る。

ゆえに、ギルドの工房を乗っ取ったというその女を引っ捕らえ、処分しようとしたのである。

「兵士を出せ。外に逃げた女を捕まえろ」

「それがその……」

「なんだ？」

「あの女は、脱獄したのですが城の外に逃げていないのです」

「は……？　そりゃどういうことだ」

「何を思ってか城の中をあちこちこそこそと嗅ぎ回っておるのです」

「ちっ……わけがわからん。ただ城の中にいるなら好都合、女を捕らえてここに連れてこい」

と、そのときである。

「で、伝令！　伝令！！！」

伝令のエルフ兵士が駆け足で、部屋の中に入ってきたのだ。

「し、城の中で囚人たちが暴れ回っております！」

「！　囚人が暴れ回ってるというのはどういうことだ！」

「わかりません。ただ、あの女の手引きであることは間違いないかと」

兵士は次に、囚人たちと女が別行動していることを報告する。

「なぜ捕らえん！　やつは女だろ！　兵士どもは何をしている！」

「そ、それがその……とにかく妙なのです。誰もその女に近づくことができず……」

兵士の報告は要領を得ない。

アブクゼニーは、何かまた妙な術を使っているのだろうと思った。

「女は一直線にこちらに向かっております。おそらくは王に会いに来るのかと……」

「ふん……向かってくるなら好都合。ここで俺さまが迎え撃つとしよう」

だがアブクゼニーは不安だった。

神威鉄の鉄格子をぐにゃりと変形させた技といい、兵士を近づけないという妙な技といい、セイの使う魔法に未知なる恐怖を抱いていた。

サザンドーラがあの女に勝てるのだろうか、という不安を抱いていた。

「がっ……！」

「顔に出てるぞアブクゼニー」

まただ。さっきの兵士に使ったのと同じ術を、アブクゼニーに使っている。

彼はもだえ苦しむ。

「俺さまを誰と心得る？　かのいにしえの大賢者に師事し、免許皆伝をもらった男だぞ」

「ず、ずびば……せん……うたがって……ごめん……なさい……がはっ！」

術が解かれて、アブクゼニーが自由に呼吸できるようになる。

何をされたのかさっぱりわからないが、しかしすごい力だとアブクゼニーは思った。

これなら勝てる……それに……。

「いにしえの大賢者さまというのは、各地を放浪し、その強大な力を振るうという、あのお方ですか？」

「その通り。くく……下手人(げしゅにん)は知らぬだろう。俺さまがいにしえの大賢者の弟子であることをなぁ。それを知ったときの顔を想像するのが、楽しみでならないなぁ……くはっはっは！」

と、そのときである。

どがんっ、と玉座の間の扉がふっ飛んだのだ。

「ごきげんよう、森の王さま」

「来やがったな、女ぁ……！」

アブクゼニーがにやりと好戦的に笑う。飛んで火に入る夏の虫とはこのことか。

今まさに、あの女こと……セイは、強力無比なる力を持った森の王の前に、のこのこと現れたのである。

「あらら、アブクゼニーじゃない。あんた脱獄してきたの？」

「脱獄したのは貴様だろうが！」

「はいはい。それで？　そちらの方が森の王？」

「おうとも！　王はなぁ、すごいんだぞ！　なにせあのいにしえの大賢者さまの一番弟子なのだからな！」

「ほー……？　誰……？」

いにしえの大賢者と言われても、セイは知らない様子だった。

ふんっ、と鼻を鳴らしていう。

「無知なる貴様に教えてやろう！　いにしえの大賢者さま、またの名をニコラス・フラメルさまといって、魔法、剣、そして錬金術。ありとあらゆる技術をおさめた、最強の術の使い手よ！」

「え？　ニコラス・フラメルですって。いにしえの大賢者とかいうやつが？」

「そうだ！　ですよねサザンドーラさま！　……サザンドーラさま？」

アブクゼニーは振り返って、驚愕に目を見開く。

さっきまで自信満々だったサザンドーラが……。

玉座の上で、がたがたがたがた！　と震えているからだ。

まるで、とても恐ろしいものに出くわしたかのような、そんな恐怖に染まった瞳で、目の前の女を見つめている。
一方でセイはじっと目をこらすと……。
「あら、あんた……はなたれ小僧のサザンドーラじゃないの」
「ひぎぃいいいいいいいいいいいいいいいいい！　せ、セイ先輩ぃいいいい！」
サザンドーラは、セイに向かって先輩と言った。
そう……なぜなら。
サザンドーラもまた、セイと同様に、ニコラス・フラメルの弟子であり……。
セイの方が彼よりも上の弟子、つまり……姉弟子なのだ。
彼は知っている。
この女こそが、ニコラス・フラメルの一番弟子であることを。
彼は知っている。
この女の、恐ろしさを。

☆

私ことセイ・ファートは、エルフ国アネモスギーヴに来ている。

この国を支配してる、森の王とかいう愚か者に、一言物申したくて王のもとへとやってきた。

そしたら、そこにいたのは、師匠の弟子の一人、サザンドーラだった。

「なんだサザンドーラじゃない、生きてたの？」

「ひぃいいいいいいいい！　せ、先輩ぃいいいいいいいいい！　なんで⁉　なんでセイ先輩が生きてるんですかぁあああああああああああああ⁉」

玉座にふんぞり返っていたムキムキエルフが、がくがくと震えている。

「失礼な。まるで人を幽霊みたいに言うんじゃあないわよ」

「幽霊じゃないんだったら、誰なんだよ！」

「だからセイ・ファート本人だけど？」

「だって、先輩って確か、五〇〇〇年前のモンスターパレードに巻き込まれて死んだはずじゃ！」

「仮死状態になって生きてたのよ。ついこないだまでね」

「そん……な……」

愕然とした表情のサザンドーラ。

てゆーかこいつが生きてることに、私も驚いてる。

あ、でもそっか。エルフって人間よりも長生きだからね。

五〇〇〇年経っても生きてるやつがいても、おかしくないわけか。

「サザンドーラさまどうなさったのですか⁉　早くこの女を倒してくださいよぉ！」

なぜか居合わせていた、工房の責任者のアブクゼニーがそう言う（私が物理的に排除したはずなんだけどな)。

「ば、馬鹿野郎！　おま……このお方を誰だと思ってるんだ!?」

「だ、誰ですか……？」

「我らフラメルの使徒の中で、最も強く……そして最もおそれられている、第一使徒（ザ・ファースト）！　万象の王セイ・ファートだぞ！」

フラメルの使徒とは、私の師匠、ニコラス・フラメルの弟子たちのこと。

使徒にはそれぞれ、序列……というか、まあ師匠が勝手に決めた順位が存在する。

第一使徒とは私のこと。あと万象の王ってのは師匠が勝手に決めたあだな。

「第一使徒に敵（かな）うわけがないだろ！　死ぬぞ！」

青い顔をして叫ぶ弟弟子。

死ぬって、物騒ねえ。そんなことしないわよ。まあ、事と次第にはよるけれども。

「サザンドーラさまが何をおっしゃってるのか、さっぱりわかりませぬ……が、このままあの女を野放しにしてよいのですか!?　あなたさまもお強いのでしょう!?」

「だとしてのあの女は桁外れに強いんだよ！」

何ゴタゴタ言ってるんだろうか……。

「私はあんたに用事があって来たのよ、サザンドーラ。ちょっと、おいたがすぎたようねぇ」

私は秘蔵の魔法ポーションを手に、いきってた弟弟子に近づいていく。

「ま、待ってくれ先輩！　誤解なんだ！」

「あんたがクーデター起こして、悪いギルドを国中に作り、儲けてたのは事実でしょ？」

「そ、それはそうだけどぉ……」

「さすがに見過ごせないわね。同じフラメルの使徒として。あんたの振る舞いが、師匠の顔に泥を塗る。それを姉弟子としては見過ごせないわ」

あのろくでなしの師匠のことなんて、別に好きでもなんでもない。

ただ錬金術師としては尊敬してる。

だから師匠の信用を落とすまねをしてるこの馬鹿弟子には、ちゃんと教育しておかないとね。

もう二度と、師匠に迷惑かけないようにって。

「う、ぐ、ち、ちくしょおおお！　こうなったらやけだ！　やってるやるぅぅう！」

サザンドーラが指をくいっとと折り曲げる。

その瞬間、急に誰かに後ろから首を絞められてるような感覚を覚えた。

振り返っても、そこには誰もいない。

「は、はは！　そうですよぉ！　あなたさまには無敵のその能力があるじゃないですか！　あの女なんてイチコロですよ！」

「誰がイチコロですって」

「「なにぃいいいいいいいいいいいいいいいいいいいいいいい!?」」

ちょっと咳き込んだけど、もうさっきまでの息苦しさはなくなっていた。

「そ、そんな馬鹿な!?　サザーランドさまの無敵の能力が、効いてないだとぉ!?」

「なーにが無敵の能力よ。こんな陳腐なもん、能力でもなんでもないわよ」

私にとっちゃ今のは、タネが割れてる手品のようなもんだ。

驚きもしないし、ましてダメージを与えることなど不可能。

「どういうことだ!?　貴様……サザンドーラさまの、誰にも解明できない能力の謎を解いたのか!?」

まあたいしたタネじゃない。

どれ教えてあげるかな。科学と神秘を混同してほしくないし。

「これの息苦しさの正体は……毒ガスよ」

「ど、毒ガスだと!?」

「そ。大気中の二酸化炭素とか、体に有害な成分を錬金術で集めて、対象となる人物の周りにガスを発生させる。すると息苦しさから、まるで誰かに後ろから首を絞められてるような感覚に陥るってわけ」

能力でもなければ魔法でもない。単なる錬金術を使ったトリックだ。

錬金術師としての腕は私の方が上。この程度の術なら、レジストできる。

……しかし、まあ……まあ……。

「師匠から教わった術を、悪事に使った？　はは……ふざけるなよ」

私は試験管を指の間に挟んで、胸の前で腕をクロスさせる。

「師匠の代わりに私がおしおきしてあげる」

「げええ！　そ、それは……！　そのポーションは！」

手に持った試験管、それは、私が作った特製のポーション。

サザンドーラの顔から一気に血の気が引き、震え出す。

この弟弟子とはともに学んだ時期がある。だから、知ってるのだ。

これが何か、そして、今から何が起きるのか。

私は試験管をすべて投擲。

それらは空中でぶつかって、上空に湯気を発生させる。

ごぉお……！　とすさまじい熱気とともに、それが出現する。

灼熱の体を持った、炎の魔人だ。

「す、す、すす、人工炎精霊(スピリッツ・ファイア)ぁあああ!?」

錬金術の秘奥の一つだ。

錬金術で、人間そっくりな生命体を生み出す技術を応用している。精子、卵子を使わずに、技術と構成元素のみで命を作り上げる奥義。これができるのは、私だけだ。師匠が提唱した理論を、私が完成させたのだ。

ただ、人一人を作るのはかなり時間と労力、そして運の要素もかなり必要とされる。

でも肉体を持たぬ精霊となれば、比較的簡単に作れる。

私が作ったのは炎の大精霊イフリートを模して作られた人工炎精霊。

見上げるほどの赤い巨人を前に、ぺたん……とサザンドーラが尻餅をついている。

「あば……あばばばば……」

アブクゼニーが完全に戦意喪失してる。

そりゃそうだ。こんだけやばい精霊を直視したら、ね。

体の温度は数千度は下らない。

立ってるだけで肌が焼けそうになるし、呼吸するだけで息が苦しくなる。

「人工炎精霊。馬鹿弟弟子をぶんなぐったげて」

ゆっくりと、炎の精霊がうなずいて、弟弟子を見やる。

彼は、まるでお迎えに来た死神と出会ったように、恐怖の悲鳴を上げた。

「い、いやぁあああああ！　すみませんでしたセイ先輩！　どうか、どうか許してください！　もうしませんから！」

「だめ。馬鹿は死ななきゃ治らないってゆーじゃない？」

だから、私は言う。

「ま、とりあえず……いっぺん死んどきなさい。大丈夫、蘇生ポーションはあるから♡」

人工炎精霊が灼熱の魔手を振り上げて、思い切り、馬鹿弟弟子に向かって振り下ろした。

「いやぁあああああああ！　助けてぇえええええええええ！」

ドゴオォオオオオオオオオオオオオオオオオオオン……！

☆

弟弟子を説得（物理）した！

「すみませんでした……」

半壊したエルフ王の城にて。

サザンドーラが涙を流しながら土下座している。

人工炎精霊によって、彼はチリも残さず消し飛んだ。

その後私が蘇生ポーションを使って、元通りにしたけどね。

「相変わらずセイ先輩やべえ……消し炭から人間を復活させるなんて、人間の所業じゃないだろ……」

「なにか、言った？」

「ひぃいいいい！　なんでもないですごめんなさいすみませんでしたぁああ！」

弟弟子が頭をこすりつけて謝罪する。

まったく、やれやれだわ。

「今度また師匠の術を悪用したら、次は蘇生しないからね」

「それはもちろん！　神に、いや、セイ先輩に誓って！」

「わかったわ。あんたの言葉信じてあげる」

「はは〜！　ありがたきしあわせ〜！」

なにこれ？　まあいいわ。

次また悪い噂を聞いたらほんとに許さない。

……甘いかしらね、処罰が。でもこいつも昔はいい子だったのよ。

ちょっと調子に乗りやすい子だったけどね。

なんだかんだ言って、同門の弟子だから、殺すなんて物騒なことはできなかった。

まあ次は殺すけどね（暗黒微笑）。

「セイさま！」「おねえちゃん！」「主殿ぉ！」

シスターズが他のエルフさんたちを連れて、壊れた王城へと駆けつけてくる。

「みんな心配かけてごめんね。大丈夫、私は怪我一つしてないわ」

「よかったのですー！」「主殿がご無事でなにより！」

妹たちが私にぎゅーっと抱き着いてくる。

大人びたゼニスちゃんもくっついていた。あらやだ可愛い。

後ろから何食わぬ顔で、ロボメイドのシェルジュが立っていた。

「あんたは心配しなかったの？」

「まったく。むしろ敵に同情しておりました」

「ひどいわ。敵が予想以上に強かったら死んでたかもしれないのに」

「魔王か邪神でも復活しない限り、ポーションを持ったセイさまが負けるわけがありません」

そうだ、とサザンドーラが顔を上げて尋ねてくる。

「セイ先輩、モンスターパレードに巻き込まれたらしいですけど、セイ先輩なら全滅させられたんじゃないですか？　無駄に強いですし」

「あ？　無駄に？」

「ひぃぃ！　すみませんすみません！」

まあ、確かに当然の疑問かもしれない。五〇〇年前、私は王都を襲ったモンスターの大軍を相手に、戦うんじゃなくて身を隠すを選択した。

「私の強さって、ポーション依存なのよ。魔法ポーションがそろってれば、まあ負けなかったとは思うけど。あのときは、手持ちのポーションが足りなかったからね」

今回は師匠の工房で補給したからね。

人工炎精霊を作り出せた。

けど五〇〇年前のあの日は、突然モンスターが襲ってきたこと、そして連日の激務で家に帰れず、魔法ポーションを作る素材を切らしていたこと。

それらの要因が重なった結果、私は戦うんじゃなくて、仮死状態になってやり過ごすことになったわけだ。

まあもう補給はすませたから、誰にも負ける気はしないけどね。

「聖女さま」

「あなたは確か、ロビンさん？」

いつの間にか、助けてあげたエルフさんがやってきていた。

サザーランドを一瞥した後、私に問うてくる。

「はい。聖女さま……あなたさまが森の王を成敗してくださったのですね」

「ええ、もう悪いことしないと思うから、許してあげて」

シスターズと一緒に、牢屋に囚われていたエルフさんの一人だ。

ロビンさんはスッ、と私の前でひざまずく。ほ？

「感謝いたします、救国の聖女さま。あなたさまのおかげで、この国は救われました」

ロビンさん以外のエルフさんたちも、つぎつぎにひざまずいていく。

口々に「ありがとうございます！」「聖女さまありがとう！」「我らをお救いになられた素晴らしい聖女さま！」と褒めてくる。

「ちょっと大げさじゃない……？」

「いえ、我らは長い年月、森の王による支配に苦しんでいました。何人もの勇敢な若者が挑み、しかしやつには勝てず、牢屋に入れられ悔しい思いをしておりました……」

なるほど、ロビンさんを含めたエルフさんたちは、森の王に逆らったから捕まってたのね。

「聖女さま、どうか哀れなる我らの頼みをお聞き願えませんでしょうか」

「あー、まあ、いいわよ。なに?」

たぶん瘴気関連のことよね。

こないだのララちゃんの村以外の地域では、まだまだ瘴気による大気・土壌汚染がひどいみたいだし。

まーあまり長居したくないけど、乗り掛かった舟だし、浄化を手伝ってあげるか。

私の可愛いゼニスちゃんの故郷だしね。

「聖女さま。どうか、エルフ国アネモスギーヴの、新しい王になっていただけないかと」

「はいはいいいよ……って、ん? んんぅううううううう!?」

い、今なんて?

新しい……王?

いや、王なんて勘弁なんですけど!

そんな面倒なこと引き受けたくないわ!

「聞いたか皆の者! ここに、新たなるエルフの女王さまが、誕生なさったぞ!」

『「うぉおおおお！　女王陛下ぁあああああああああ！」』

ええー……！　な、なんか承認されたことになってる!?

「いや、あの……はいはいってゆーのはね、瘴気の浄化のことであって、女王を引き受ける気はまったくないいんだけど……」

「聖女さまが女王さまになられた、つまり！　今日からこのお方を聖王さまとお呼びしよう！」

『「聖王さまぁあああああああああ！」』

ロビンさんもエルフさんたちもまったく聞いてくれない……！

奴隷ちゃんズは後ろで腕を組んで、うんうんとうなずいてる。

「おねえちゃんはやっぱりすごいのですー！」

「主殿のすごさを考えれば、女王になられるのもうなずけるでござるな！」

「……確かにセイさまがいれば、この国は安泰でしょう」

するとシェルジュが近づいてきて、ぽん、と肩を叩く。

「ドンマイ」

「もう！　なんでこうなるのよ……！」

「ヒント。普段の行い」

こうして何だか知らないけど、聖王になってしまったのだった。

☆

私、セイ・ファートはいつの間にかエルフ国アネモスギーヴの新女王となったのだった。

その日の夜。

私はシスターズとロボメイドを連れて、とある場所へとやってきていた。

そこは王都の貧民街。

ロビンさんから聞いた話だと、確かこの家だったと思う。

コンコン……。

「こんばんはー。アイシャーさんのお宅ですか？」

ガチャッ……。

「……どちらさまですか？　ごほっ！　ごほっ！」

出てきたのは痩せてる、おばさんエルフだった。

顔色が悪く、一発で体調が悪いことがうかがえる。

だが重要なのはそこじゃないんだ。

アイシャーさんに、ゼニスちゃんの面影を感じられた。そう、彼女は……。

「アイシャーお母さま……！」

ゼニスちゃんがこのおばさんエルフに抱きつく。

そう……この人が、ゼニスちゃんのお母さん、前アネモスギーヴ王妃さまね。

ロビンさんから居場所を聞いたの。

彼、どうやら国の重鎮の一人だったらしいのよね。

王族の居場所について聞いたら、この貧民街に前王妃がいるって聞いてこうしてやってきたわけ。

「……ゼニス？　ゼニスなの！」

「……はいっ！　お母さま！」

「ああ……！　ゼニス……！　よか……ごほごほっ！」

急に咳き込むアイシャーさん。

ロボメイドが生体をスキャン。

「マスター。肺病を患っているようです」

このロボには生命の異常を探知する機能が組み込まれているのである。

「ならこのポーションをどーぞ。ぐいっと飲めば一発でたちまち元気溌剌になれますよ？」

「言い方が完全にやばい薬です、以上」「相変わらず辛辣ねあんた……」

手渡したポーションを、アイシャーさんはいぶかしげに見ている。

「……お母さま。飲んでください。この方は信頼できる方です」

まー、うれしいこと言ってくれるじゃあないの。

アイシャーさんは少しの逡巡を見せたあと、ぐいっとポーションを飲む。

するとたちどころに肺病が治り、顔色が元に戻る。

「す、すごいわ……ほんとだ。胸が苦しくない……」

「……でしょうっ？　セイさまはすごい錬金術師さまなんだから！」

ゼニスちゃんが私を錬金術師って呼んでくれたこともうれしかったけど。

それ以上に、彼女が見せる、子供みたいな笑顔がたまらなくうれしかった。

いつもどこか、ゼニスちゃんの表情には影が差していた。

ダフネちゃんたちと水浴びしたり、遊んでるときも、いつもどこか不安な表情をしていた。

奴隷となって、家族がバラバラになっている状況だから、しょうがなかったのだろう。

ずっとずっと、不安だったのだ。家族が死んで、もうこの世にはいないんじゃないかって。

でも……彼女はようやく安らぎを手にしたのだ。

「セイさま……」

ゼニスちゃんが私を見て、笑顔を浮かべる。

それは……私が見た中で、一番きれいな、ほんとうにきれいな笑みだった。

「ありがとう、セイさま！　大好きです！」

うんうん、よかったね！

☆

「はいじゃー、みんな。トンズラしますよ！」

ゼニスちゃんママことアイシャーさんのおうちに到着してから、一時間後。

ひとしきり、親子の近況報告が終わったあと、私はそう宣言した。

「と、とんずら……？」

ゼニスちゃんが目を丸くしている。

「とんずらってなんなのですー？」

「ううむわからん。きっと豚の亜種かと！」

「逃亡という意味です。以上」

え？　と残りシスターズも驚いているようだ。

「……ど、どうしてですか、セイさま？」

「だってもう、ここでやるべきことは終わったし！」

「……で、でも新しい女王になられたのでは？」

「やだ！　やりたくない！」

「マスター、完全に言動が子供です」

うっさい。

瘴気の浄化は、ここへ来る前に慈雨のポーションをロビンさんに譲っておいたので、何とかなるだろう。

私がそもそもここに来たのは、ゼニスちゃんを故郷へ連れていき、家族と会わせるため。

その目的が達成された以上、もうここへ残る理由はない。

「とゆーことで、トンズラするわよみんな！」

「おねえちゃんがそーゆーなら！」

「主殿についてまいります」

「もとよりワタシはマスターから離れられないので。以上」

私はアイシャーさんと、そして……ゼニスちゃんに挨拶をする。

「それじゃ、二人ともお元気で」

他の王族たちの居場所には見当がついてるそうだ。

森の王が王位から退き、新しい女王が逃亡したとなれば、また前の王さまが玉座に座るだろう。

ゼニスちゃんも、奴隷じゃなくて王女として、この国でまた前みたいに暮らせるようになるのだ。

「…………」

ゼニスちゃんがうつむいてる。

その背中に、アイシャーさんがぽん……と手を乗せる。

「ゼニス。行ってきなさい」

「え……？　なんで……？」

「わかるわよ。母親ですもの」

「お母さま……」

アイシャーさんが近づいてきて、頭を下げてくる。

「森の王から国民を救ってくださったこと、心から感謝申し上げます。……そんな恩人に対して、大変、図々しいとは承知のうえで、お願いがあります。どうか、我が子を貴女さまの旅に、同伴させてください」

「え……それは……別にいいけど……」

私はゼニスちゃんを見やる。

せっかく家族と再会できて、これからまた前のように暮らせるのに……？

わざわざ、私についてくる必要なんてないのに。

「いいの？」

「……はいっ！」

ゼニスちゃんは目に涙をためながら、私の腰にしがみつく。

「……私、セイさまが好きですっ。みんなのことも好きっ。みんなと一緒に旅がしたいです！」

ここに残った方がいいに決まってる。

頭のいいゼニスちゃんなら、ちゃんとわかってるだろう。

そのうえで、彼女は選んだのだ。

その意思を、汲んでやれないほど、私は愚かじゃないと思いたい。

……てゆーか、私はゼニスちゃんとまだ旅がしたい！　だって私も好きだもの。

「よしわかった！　ついてきなさい、一緒に行きましょ、世界の果てまで！」

ゼニスちゃんは笑顔でうなずく。

ダフネちゃんとトーカちゃんが、ぎゅーっと私たちを抱きしめた。

「ってなわけで、聖王はこれでドロンします。あばよーって国民の人たちに伝えておいてください！」

「マスター、完全に言動が逃亡犯です」

ふふっ、とアイシャーさんが笑う。

「わかりました。あとのことはお任せください。不肖の娘を、どうかよろしくお願いします」

「もっちろん。さっ、行くわよみんな！」

私たちは地竜のちーちゃんに乗り込んで、夜の街をあとにする。

アイシャーさんは私たちが見えなくなるまで、手を振ってくれたのだった。

ま、これにて長かったエルフ国アネモスギーヴへの旅行も終了。
次なる街へと私たちは旅出ったのだった。

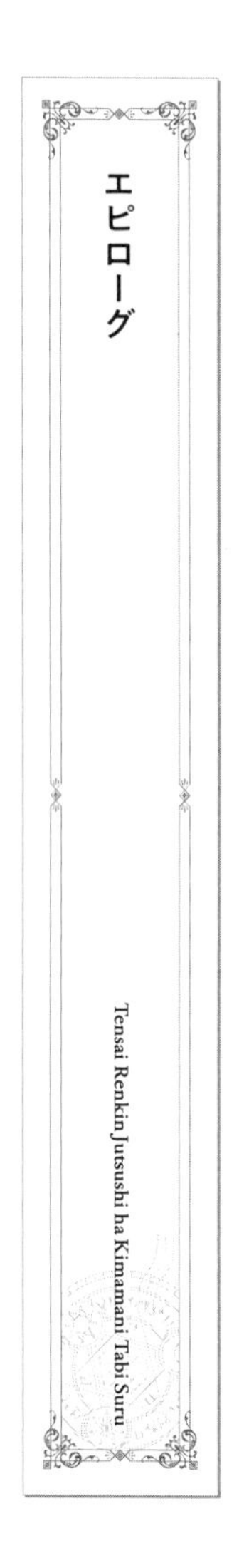

エピローグ

セイが旅出ってから、しばらく経ったあとの出来事。
港に一隻の船が碇泊（ていはく）する。
ぞろぞろと降りてきたのは白装束の騎士、聖騎士たちだ。
天導教会に所属する彼らの表情は皆硬い。
列を作って、彼女が降りてくるのをタダじっと待つ。
「…………」
降りてきたのは、美しい女性だった。
真っ白な法衣（ほうえ）に身を包んだ、亜麻色の髪の女性である。
愁いを帯びた表情。ほっそりとした体軀（たいく）は、芸術品と見まがうほど美しい。
彼女の前に一人の聖騎士がひざまずく。
「お待ちしておりました、大聖女リィンフォースさま」
リィンフォースと呼ばれた女性が静かにうなずく。

「馬車を用意しておりますので、さ、こちらへ」

大聖女リィンフォースはうなずくと、聖騎士の後ろについて馬車に乗る。

その間誰も、そして彼女自身もしゃべらなかった。

リィンフォースは聖騎士とともに、エルフ国アネモスギーヴの王都ギーヴへと向かう。

「……状況、は？」

大聖女リィンフォース。天導教会に所属し、三聖と呼ばれる三人の高い実力を持つ聖女の一人だ。

彼女は上司である、聖女王の命令でここアネモスギーヴへとやってきたのだった。

「我らは待機を命じられていたので、直近の状況はわかりませんが、旅人からの話によると、王国全土を覆い尽くすほどの瘴気で、国が汚染されているとか」

「……そう？」

こてん、とリィンフォースが首を傾ける。

まるで不思議なものを見たかのようであった。

「どうかなさったのですか？」

「……ない」

「ない、とは？」

「……瘴気」

聖騎士が首をかしげる。

だが王都ギーヴへ近づくにつれて、大聖女の言っていることを理解した。

「そんな……瘴気が、どこにもないだと……！」

王都ギーヴへと到着したリィンフォースたち。

そこで見たのは、美しいギーヴの都であった。

「旅人の話では、土も空気も汚れていて、とても人の住める環境ではないと言っていたのに……なぜ……？」

「……ふふっ」

「え!?」

聖騎士は、驚愕する。

リィンフォースが、なんと笑っていたのだ。

彼は、この女性が笑っているところを一度も見たことがない。

いつだって氷像のような、硬く冷たい表情をしていた。

それが、どうしたことか。

今彼女は、見たことがないくらい、うれしそうに笑っているのである。

「……見つけた」

「リィンフォースさま。見つけた……とは？」

「……まま」

「ま、まま？」

大聖女リィンフォースは笑う。

まるで何か、大切なものを見つけたかのように。

「……命令」

「はっ！　なんでございましょう！」

「……探して」

「は？　だ、誰をですか？」

「……この国を直した人間を」

それだけ言うとリィンフォースは馬車へと戻っていくのだった。

☆

「おい、エスガルド。大聖女はなんて？」

大聖女リィンフォースの護衛を務めていた聖騎士、エスガルドは、同僚から尋ねられる。

今エスガルドはギーヴの街を歩きながら、大聖女の求める人物を探していた。

「この国を直した人を見つけてくれとのことだった」

「はぁ？　リィンフォースさまは何言ってるんだ？」

「わからん……あのお方はわからないことだらけだ」

大聖女リィンフォース。彼女を含めた、三聖の面々には謎の部分が多いのだ。

「あれだっけ、人間じゃないとかいう」

「ああ。我らが主である神がその手で作られた、人工生命体らしいな」

「それって、人外ってことか？　我らが最も敵視している」

天導の経典には、神、そして神の被造物である人間を守り、それ以外の人外はすべて敵である、悪であると記されてる。

エスガルドが首を振る。

「いや、大聖女さまは特別だ。なにせ神が御自らの手で作った生命体なのだ。我ら人間と同じ、否、我らより上位の存在といえよう。リィンフォースさまは立派な方だ」

エスガルドの瞳には神、そして大聖女リィンフォースへの深い信仰心が見て取れた。

同僚は茶化す。

「とかいって、リィンフォースさまのこと好きだったりして？」

「ば、馬鹿言うな。大聖女さまと、私のような騎士とでは釣り合うわけがなかろう！」

「動揺してるねえ。やっぱ好きなんだろ？」

「ま、まあその……人として尊敬はしているさ。三聖のみなさまそれぞれを。特に、リィンフォースさまを」

ふぅん、と同僚が言う。

「大聖女さまたちのえっと、呼び方なんていうんだっけ？　ほむん……」

「ホムンクルスだろ。いにしえの言葉で、『光の女神セイ・ファートが作りし命』の意味だ」

……光の女神セイ・ファート。

そう、彼らが信じる神の名前と、セイは偶然にも一致している。

そして、三聖は女神セイ・ファートの作った人工生命体、さらにリィンフォースはセイの魔力を感知し、彼女を「まま」つまり母と呼んだ。

これはどういうことか？

……つまりは、まあ、そういうことなのだ。

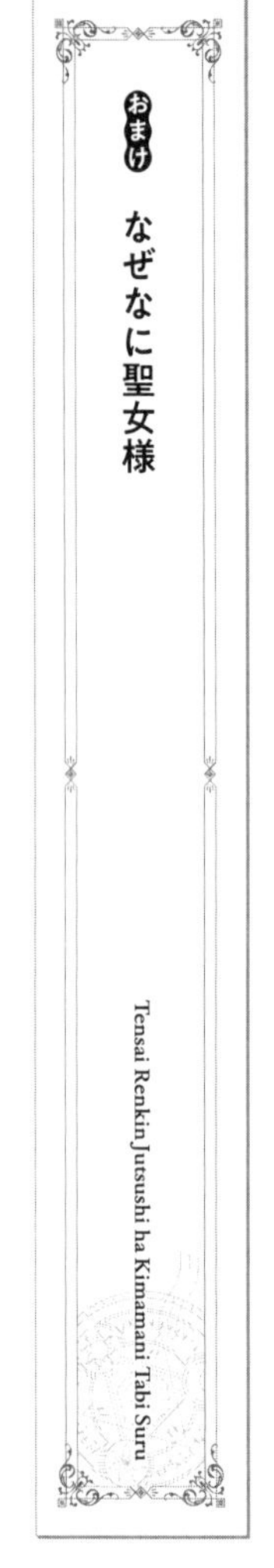

私たちを乗せた竜車が、草原をゆったり走ってる。

アネモスギーヴを出立し、しばらく経つが、特に問題は起きていない。

ゼニスちゃん曰く、この辺はモンスターも野盗も出ないんだそうだ。

ひまねー、って思っていたところにふと、ゼニスちゃんが言う。

「……セイさま。前から疑問に思っていたことがあるんですが」

「お、なになに？」

「……セイさまって、なぜ冒険者をやらなかったのですか？」

ふむ……？　随分と藪から棒ね。

トーカちゃんが「自分も思っておりました」と続く。

「主殿はめちゃくちゃ強いでござる。冒険者でなくとも、これほどの強さがあるのなら、別に宮廷錬金術師をしてなくてよかったのではなかったのでは？」

ふむ……なるほど。

そういう意見もあるのか。

「私、暴力って嫌いなのよね」

「「…………」」

あれ、ゼニスちゃんとトーカちゃんが黙ってしまった。

御者台に座るトーカちゃんの顔はわからない。

でも正面に座ってるゼニスちゃんは、なんだか奇異なものを見る目をしていた。

「マスター、冗談ぽいです。以上」

「はぁ？　何が冗談なのよ」

「今までマスターが討伐してきたもの、すべてかなりの強さを持ったものたちでした。それをマスターは、結構ノリノリで倒してました」

うんうん、とゼニスちゃんがうなずく。ええー……。

「あれは、旅の邪魔をしてきたやつを、排除しただけよ。ポーション使ってね」

私は戦いなんて嫌いだ。だって野蛮じゃない？

「暴力に訴えるやり方なんてナンセンスよ。我々人間は知性と理性を持つんだから」

「「…………」」

「力での無理矢理な解決ではなく、対話による話し合いのすえの解決。これが、高度な知性を持つ人間たちが取るべき、スマートな解決策よ」

「「…………」」

「ん？　どうしたのゼニスちゃん、トーカちゃん？」

なんか押し黙ってしまっている。

ダフネちゃんは私のお膝ですうすう寝息を立てている。

ははん……なるほど。

「眠いのね。だめよ、運転中に居眠りとかしちゃ。危ないんだから」

「だ、大丈夫でござる……お気遣いありがとうでござる……」

ふむ？　ではなんで黙っちゃったのかしらね。

ゼニスちゃんはというと、目をそらしながら言う。

「……さ、さすがセイさま。とても、ご立派なお考えをお持ちで」

「お、わかってくれるぅ？　でしょう。そうそう、暴力なんて本来必要ないのよ。私どーにもこの力尽くで問題解決ってのが嫌いでね。冒険者ってほら、荒っぽい仕事でしょ？　はっきり言って野蛮っていうか、だから冒険者はやらなかったのよ」

「……な、なるほど。よ、よくわかりました。お答えいただき……ありがとうございます」

すると黙って聞いててシェルジュのやつが、一言言ってきた。

「草」

「なによ、草って」

「森の王を暴力で倒した人が言うと、説得力が違うな、と思いました。以上」

「暴力じゃないわ。知の結晶、人工炎精霊で倒したのだから、頭を使った説得といえるわ」

「あなたがそう言うのでしたら、そうなんでしょうね」

なによ、とげのある言い方してくれるじゃあないのよ。

「何事も平和が一番。戦いなんて本当は必要ないのよ。暴力反対」

「あ、主殿！　正面から狼モンスターの群れが……！」

私は、こないだ師匠の工房で作った爆裂ポーションを、窓からぽいする。

丸いポーション瓶はコロコロころがりながら、モンスターたちの群れの中心で……。

ちゅどぉおおおおおおおおおおおおおおおおおおおおおおん！

……と、爆発を起こして、モンスターどもを消し炭にした。

「ふぇ？　おねえちゃん……なんのおとぉ～？」

寝ぼけ眼のダフネちゃんが私に聞いてくる。

ふわふわの髪の毛をなでながら言う。

「ん？　なんでもないわ。ただ楽しい旅を邪魔する愚か者を木っ端みじんにしただけ」

「そっかぁ～……ふぁあー……」

大事な妹のダフネちゃんの安眠を邪魔するなんて。消し炭になって当然ね。やれやれ。

「「…………」」

ゼニスちゃん、トーカちゃんがなんとも微妙な顔をして固まっていた。シェルジュが一言。

「暴力で草」

あとがき～Preface～

初めまして、作者の茨木野と申します。

このたびは「天才錬金術師は気ままに旅する（以下、本作）」をお手にとってくださり、誠にありがとうございます。本作は「小説家になろう（以下、なろう）」に掲載されているものを、書籍化したものとなっています。

作品のあらすじは、主人公は宮廷錬金術師の女の子セイ・ファート。仕事ができるゆえに、周りから仕事を押しつけられる日々に不満を抱きながら過ごしていました。そんなある日、魔物の大群が街を襲い、セイはそれから逃れるため、ポーションを飲んで仮死状態になる。そして次に目を覚ますと五〇〇年後の未来にいた。しかしその世界ではポーションが衰退してて、セイの作るポーションは全部伝説の品物扱い。彼女は行く先々で、自分の作ったポーションを使って問題を解決し、その結果知らない間に「白銀の聖女」として有名になっていく……みたいな、勘違い無双系ゆるい旅ファンタジーとなっています。

次に本作を書くきっかけをお話しします。本作をウェブで書き始めたのは、二〇二二年の夏頃でした。ちょうどその頃、なろうでの流行が、女主人公の恋愛ものだったのです。しかし僕はどうにも、女主人公の恋愛劇が苦手でした。なんとか流行に寄せられないかと考えて、けどどうにもならない状況でした。

そんなとき、知り合いの編集さんから、「女主人公の冒険ファンタジー書けば？」とアドバイスをもらいました。なるほど、女の子の心の機微を書くのではなく、女の子が元気に冒険する様を書けばいいのだ！　と気づいた僕は、「凄い女の子がブラック職場から解放されて、気ままに旅する」という本作の原型を思いつきました。そこに、流行の「勘違い系」「ハーレム」「最強主人公」といった要素を、女性主人公でできるにはどうすればいいか考えた結果、めちゃくちゃ強い女錬金術師が可愛い奴隷ちゃんたちと旅をする、という本作にたどり着いたのです。お気に召してくだされば幸いです。

以下、謝辞です。イラストレーターの麻先みち様、素敵なイラストありがとうございます！　特に口絵の、セイが「うわぁ……」って嫌がってるシーン最高です！

続いて編集のN様、前作、「左遷された無能王子」に引き続き、担当してくださり、また、書籍化の話をくださり、誠にありがとうございます！

そのほか、本作りに携わってくださった皆様方、そして何より、本作を呼んでくださった読者の皆様に、深く御礼申し上げます。

最後に！　本作品コミカライズが決定しています！「電撃大王」様で連載予定です！　こちらもとても素敵な方に書いてもらっております！　どうぞよろしくお願いします！

それでは、紙幅もつきましたので、この辺で失礼いたします。

二〇二三年四月某日　茨木野

電撃の新文芸

天才錬金術師は気ままに旅する
～500年後の世界で目覚めた世界最高の元宮廷錬金術師、ポーション作りで聖女さま扱いされる～

著者／茨木野
イラスト／麻先みち

2023年6月17日　初版発行

発行者／山下直久
発行／株式会社ＫＡＤＯＫＡＷＡ
〒102-8177　東京都千代田区富士見2-13-3
0570-002-301（ナビダイヤル）
印刷／図書印刷株式会社
製本／図書印刷株式会社

【初出】……………………………………………………………………………………………

本書は、「小説家になろう」に掲載された『天才錬金術師は気ままに旅する～世界最高の元宮廷錬金術師はポーション技術の衰退した未来に目覚め、無自覚に人助けをしていたら、いつの間にか聖女さま扱いされていた件』を加筆、訂正したものです。
※「小説家になろう」は株式会社ヒナプロジェクトの登録商標です。

ISBN978-4-04-914863-3　C0093　Printed in Japan

●お問い合わせ
https://www.kadokawa.co.jp/（「お問い合わせ」へお進みください）
※内容によっては、お答えできない場合があります。
※サポートは日本国内のみとさせていただきます。
※Japanese text only

※定価はカバーに表示してあります。

ファンレターあて先
〒102-8177
東京都千代田区富士見2-13-3
電撃の新文芸編集部
「茨木野先生」係
「麻先みち先生」係